R&B

Woody Allen

Nebenwirkungen
(Side Effects)

Aus dem Amerikanischen von
Benjamin Schwarz

Rogner & Bernhard

Titel der Originalausgabe: Side Effects

Teile des Werkes wurden zuerst von *The Kenyon Review, The New Republic* und *The New Yorker* veröffentlicht.
Diese Ausgabe erscheint in Zusammenarbeit mit Random House, Inc., New York

Satz: Maschinensetzerei Max Vornehm, München
Druck und Bindung: Ebner Ulm
Printed in Germany
ISBN 3 8077 0162 1

Inhalt

So war Nadelmann 7

Der zum Tode Verurteilte 15

Des Schicksals kalte Schulter 25

Die UFO-Gefahr 34

Meine Apologie 44

Das Zwischenspiel mit Kugelmass 52

Meine Ansprache an die Schulabgänger 71

Die Diät 77

Die Geschichte vom Verrückten 86

Erinnerungen – Orte und Menschen 97

In bösen Zeiten leben wir 104

Ein Riesenschritt für die Menschheit 111

Der oberflächlichste Mensch,
der mir je begegnet ist 122

Die Frage 139

Wir aßen für Sie im »Fabrizio's« 148

Die Vergeltung 157

So war Nadelmann

Nun ist es schon vier Wochen her, und noch immer kann ich es kaum fassen, daß Sandor Nadelmann tot ist. Ich war bei seiner Einäscherung und brachte auf Bitten seines Sohnes die Zuckerwatte mit, aber wenige von uns waren imstande, an anderes als unseren Schmerz zu denken.

Nadelmann hatte sich beständig damit herumgeplagt, wie er beigesetzt werden wolle, und hatte einmal zu mir gesagt: »Ich ziehe die Feuerbestattung der Erdbestattung entschieden vor, und beides einem Wochenende mit Frau Nadelmann.« Zu guter Letzt beschloß er, sich verbrennen zu lassen und seine Asche der Universität Heidelberg zu stiften, die sie in alle vier Winde verstreute und die Urne in Zahlung gab.

Ich sehe ihn noch vor mir in seinem zerknitterten Anzug und dem grauen Pullover. Von schwerwiegenden Problemen in Anspruch genommen, vergaß er häufig, den Kleiderbügel aus dem Jackett zu nehmen, das er gerade trug. Ich machte ihn einmal während einer Promotionsfeier in Princeton darauf aufmerksam, aber er lächelte sanft und sagte: »Sehr gut, sollen doch die, die mit meinen Theorien nicht einverstanden sind, wenigstens denken, ich hätte breite Schultern.« Zwei Tage später brachte man ihn ins Bellevue, weil er mitten in einem Gespräch mit Strawinsky einen Salto rückwärts gemacht hatte.

Nadelmann war kein Mensch, der leicht zu begreifen war. Seine Zurückhaltung hielt man fälschlich für Kälte, aber er war zu tiefem Mitgefühl imstande, und nachdem er einmal Zeuge eines besonders gräßlichen Grubenunglücks gewesen war, bekam er den Rest seiner zweiten Portion Waffeln einfach nicht mehr runter. Auch sein Schweigen machte die Leute kopfscheu, aber er hatte das Gefühl, Sprechen sei die verkehrte Art, mit Menschen umzugehen, und selbst seine vertraulichsten Gespräche führte er mit Hilfe von Signalflaggen.

Als er aus seiner Fakultät an der Columbia University wegen einer Meinungsverschiedenheit mit dem damaligen Dekan, Dwight Eisenhower, hinausgeworfen wurde, lauerte er dem berühmten Ex-General mit einem Teppichklopfer auf und drosch auf ihn ein, bis Eisenhower in einem Spielzeugladen Deckung suchte. (Die beiden hatten eine erbitterte öffentliche Auseinandersetzung darüber, ob die Schulglocke das Zeichen zum Ende einer Stunde oder zum Beginn der nächsten gab.)

Nadelmann hatte immer gehofft, eines friedlichen Todes zu sterben. »Inmitten meiner Bücher und Papiere, wie mein Bruder Johann.« (Nadelmanns Bruder war in einem Rollschrank erstickt, als er nach seinem Reimlexikon suchte.)

Wer hätte aber gedacht, daß Nadelmann, als er in seiner Mittagspause bei einem Hausabriß zusah, von einer Rammkugel der Kopf eingeschlagen würde? Der Schlag bewirkte einen schweren Schock, und Nadelmann verschied mit einem strahlenden Lächeln. Seine letzten rätselhaften Worte waren: »Nichts zu danken, ich habe schon einen Pinguin.«

Wie stets, so war Nadelmann auch zur Zeit seines Todes mit verschiedenen Dingen beschäftigt. Er arbeitete gerade an einer Ethik, die auf seiner Theorie beruhte, daß »gutes und richtiges Benehmen nicht nur moralischer ist, sondern auch per Telefon erledigt werden« könne. Er war auch mit einer neuen Untersuchung zu Semantik halb fertig, in der er bewies (worauf er so leidenschaftlich beharrte), daß der Satzbau angeboren, das Wimmern aber erlernt sei. Schließlich noch ein Buch über den Holocaust. Dieses aber mit Ausschneidefiguren. Nadelmann hatte das Problem des Bösen stets gequält, und er argumentierte recht geschickt, das wahre Böse sei nur möglich, wenn der Täter Blackie oder Pete heiße. Sein Flirt mit dem Nationalsozialismus erregte in akademischen Kreisen Anstoß, obwohl Nadelmann trotz aller Anstrengungen von Gymnastik bis hin zu Tanzstunden den Stechschritt nicht hinbekam.

Der Nazismus war für ihn lediglich eine Reaktion auf die schulmäßige Philosophie, eine Meinung, die er Freunden ständig aufzudrängen suchte, woraufhin er mit gespielter Gereiztheit nach ihren Gesichtern zu grapschen und zu sagen pflegte: »Ätsch! Da hab' ich deine Nase!« Es ist einfach, an seiner Einstellung zu Hitler erst einmal Kritik zu üben, aber man muß dabei doch seine philosophischen Schriften berücksichtigen. Er lehnte die zeitgenössische Ontologie ab und betonte, der Mensch habe schon vor der Unendlichkeit existiert, allerdings ohne allzu viele Möglichkeiten, gute Geschäfte zu machen. Er unterschied zwischen der Existenz an sich und der Existenz als solcher und wußte, eine sei besser, entsann sich aber nie, welche. Die Freiheit des Menschen hieß für Nadelmann, sich der Absurdität des Lebens bewußt zu sein. »Gott schweigt«, sagte er gern, »wenn wir jetzt bloß die Menschen dazu brächten, die Klappe zu halten.«

Das wahre Sein, so führte Nadelmann aus, sei nur an Wochenenden zu erlangen, und selbst dann gehe es nicht ohne Leihwagen. Nadelmann zufolge ist der Mensch kein »Ding« abseits von der Natur, sondern »in die Natur verflochten«, und er kann seine eigene Existenz nicht wahrnehmen, ohne erst mal so zu tun, als ginge ihn alles gar nichts an, um dann schnell in die gegenüberliegende Zimmerecke zu rennen in der Hoffnung, rasch einen Blick auf sich zu werfen.

Sein Ausdruck für den Lauf des Lebens war »Angstzeit«, was darauf hindeutete, daß der Mensch ein Geschöpf sei, das dazu verdammt ist, in der »Zeit« zu existieren, obwohl da nun wirklich nichts los ist. Es war Nadelmanns intellektuelle Redlichkeit, die ihn davon überzeugte, daß er nicht existiere, daß seine Freunde nicht existierten und daß das einzig Wirkliche die sechs Millionen Mark seien, die er der Bank schulde. Von da an faszinierte ihn die nationalsozialistische Philosophie der Macht, oder wie Nadelmann es ausdrückte: »Ich habe eben Augen, die ein Braunhemd betört.« Als sich herausstellte, daß der Nationalsozialismus genau die Bedrohung war, der Nadelmann Widerstand leistete, floh er aus Berlin. Als Busch verkleidet und sich mit jeweils drei raschen Schritten nur seitwärts bewegend, überschritt er unbemerkt die Grenze.

Wohin Nadelmann in Europa auch kam, überall waren Studenten und Intellektuelle voller Ehrfurcht vor seinem Ruf erpicht darauf, ihm zu helfen. Auf der Flucht fand er die Zeit, sein Werk *Die Zeit, das Sein und die Wirklichkeit – Eine systematische Neubestimmung des Nichts* und die ergötzliche, leichtere Abhandlung *Wo man am besten ißt, während man sich verborgen hält* zu veröffentlichen. Chaim Weizmann und Martin Buber veranstalteten Geld- und Unterschriftensammlungen, um Nadelmann die Möglichkeit zu verschaffen, in die Vereinigten Staaten zu emigrieren, aber ausgerechnet zu der Zeit war das Hotel, das er sich ausgesucht hatte, besetzt. Als die deutschen Soldaten nur Minuten von seinem Versteck in Prag entfernt waren, entschloß sich Nadelmann endlich doch, nach Amerika zu gehen, aber da ereignete sich eine Szene auf dem Flughafen, weil sein Gepäck zu viel wog. Albert Einstein, der mit demselben Flugzeug fliegen wollte, erklärte ihm, wenn er lediglich die Schuhspanner aus seinen Schuhen nähme, könne er alles mitnehmen. Die beiden korrespondierten danach häufig. Einstein schrieb ihm einmal: »Ihr Werk und mein Werk sind sich sehr ähnlich, auch wenn ich immer noch nicht ganz genau weiß, was Ihr Werk ist.«

Als Nadelmann schließlich in Amerika war, stand er selten außerhalb öffentlicher Diskussionen. Er veröffentlichte sein berühmtes Buch *Das Nichtvorhandensein: Was tut man, wenn es einen plötzlich überfällt.* Ebenso das klassische sprachphilosophische Werk *Semantische Formen unwesentlichen Wirkens*, das zu dem Kinohit *Sie flogen bei Nacht* verarbeitet wurde.

Bezeichnenderweise bat man ihn, sich wegen seiner Beziehungen zur Kommunistischen Partei von Harvard zurückzuziehen. Er war der Meinung, nur in einem System ohne jede ökonomische Ungerechtigkeit könne es wahre Freiheit geben, und führte als Modellgesellschaft den Ameisenstaat an. Er konnte Ameisen stundenlang zusehen und grübelte immer wieder gedankenverloren: »Sie leben wirklich harmonisch. Wenn bloß ihre Frauen hübscher wären, hätten sie es geschafft.« Als Nadelmann vor den Ausschuß für Unamerikanische Umtriebe zitiert wurde, nannte er interessanterweise Namen und rechtfertigte das seinen Freunden gegenüber mit seiner philosophischen Maxime: »Politische Handlungen haben keine moralischen Auswirkungen, sondern wesen außerhalb des Reichs des wahren Seins.« Für diesmal wurde die akademische Gemeinschaft zur Rechenschaft gezogen, und erst Wochen später beschloß die Fakultät in Princeton, Nadelmann zu teeren und zu federn. Nadelmann benutzte übrigens dasselbe Argument auch zur Rechtfertigung seines Begriffs der freien Liebe, aber keine von zwei jungen Schülerinnen wollte es ihm abkaufen, und die Sechzehnjährige drohte, ihn zu verpfeifen.

Nadelmanns Leidenschaft war es, Atombombenversuche zu stoppen, und so flog er nach Los Alamos, wo er und ein paar Studenten sich weigerten, sich vom Gelände einer geplanten Kernexplosion zu entfernen. Als die Minuten so vertickten und sich herausstellte, daß der Versuch weiterginge wie geplant, hörte man Nadelmann »Uh-oh« murmeln, und dann rannte er drauf zu. Was die Zeitungen nicht schrieben, war, daß er schon den ganzen Tag nichts gegessen hatte.

Es ist leicht, sich den allgemein bekannten Nadelmann in Erinnerung zu rufen. Brillant, engagiert, der Verfasser von *Die Stilmoden der Modestile.* Aber der private Nadelmann ist es, dessen ich immer liebevoll gedenken werde: Sandor Nadelmann, den man nie ohne irgendeinen Lieblingshut sah. Und tatsächlich ist er mit einem Hut auf dem Kopf verbrannt worden. Seinem ersten, glaube ich. Oder der Nadelmann, der Walt-Disney-Filme so leidenschaftlich liebte und trotz einleuchtender Erklärungen der Trickfilmtechnik durch Max Planck nicht davon abzubringen war, sich telefonisch mit Minnie Mouse persönlich verbinden zu lassen.

Einmal wohnte Nadelmann als Gast in meinem Haus, und ich wußte, er mochte eine ganz bestimmte Marke Thunfisch. Ich stattete die Gästeküche damit aus. Er war zu schüchtern, mir seine Schwäche einzugestehen, aber als er sich einmal alleine glaubte, machte er alle Dosen auf und murmelte: »Ihr seid alle meine Kinder.«

Als Nadelmann mit meiner Tochter und mir einmal in der Mailänder Oper war, beugte er sich aus seiner Loge und fiel in den Orchestergraben. Zu stolz zuzugeben, daß das ein Mißgeschick war, besuchte er die Oper einen Monat lang jeden Abend und wiederholte jedesmal den Sturz. Bald zog er sich eine leichte Gehirnerschütterung zu. Ich machte ihm klar, daß er damit aufhören könne, da er seinen Zweck erreicht habe. Er sagte: »Nein. Noch ein paarmal. Er ist wirklich gar nicht übel.«

Ich erinnere mich an Nadelmanns siebzigsten Geburtstag. Seine Frau kaufte ihm einen Schlafanzug. Nadelmann war offensichtlich enttäuscht, denn er hatte durchblicken lassen, daß es auch ein neuer Mercedes täte. Es spricht noch immer für die Persönlichkeit dieses Mannes, daß er sich in sein Arbeitszimmer zurückzog und seinen Koller ganz allein mit sich ausmachte. Er kehrte lächelnd zu der Party zurück und trug den Pyjama zur Premiere von zwei Arabalschen Einaktern.

Der zum Tode Verurteilte

Brisseau lag schlafend im Mondlicht. Wie er so auf dem Rücken im Bett lag (sein fetter Bauch ragte in die Luft und sein Mund war zu einem albernen Lächeln verzogen), wirkte er eher wie ein unbeseelter Gegenstand, wie ein großer Fußball oder zwei Opernbilletts. Als er sich einen Augenblick später umdrehte und ihn das Mondlicht aus einem anderen Winkel zu treffen schien, sah er genau wie ein siebenundzwanzigteiliges silbernes Aussteuerservice aus, komplett mit Salatschüssel und Suppenterrine.

Er träumt, dachte Cloquet, als er, einen Revolver in der Hand, sich über ihn beugte. *Er* träumt, und *ich* existiere wirklich. Cloquet haßte die Wirklichkeit, war sich aber klar darüber, daß sie noch immer der einzige Ort war, wo man ein anständiges Steak bekam. Er hatte noch nie einem Menschen das Leben geraubt. Sicher, er hatte einmal einen verrückten Hund erschossen, aber erst, als er von einem Psychiaterteam für verrückt erklärt worden war. (Sie stellten fest, der Hund sei manisch-depressiv, denn er hatte versucht, Cloquet die Nase abzubeißen, und sich dann nicht mehr das Lachen verkneifen können.)

In seinem Traum war Brisseau an einem sonnenbeschienen Strand und lief freudig seiner Mutter in die ausgestreckten Arme, aber als er die weinende, grauhaarige Frau gerade umarmen wollte, verwandelte sie sich in zwei Kugeln Vanilleeis. Brisseau stöhnte, und Cloquet ließ den Revolver sinken. Er war durch das Fenster hereingekommen und hatte länger als zwei Stunden reglos über Brisseau gebeugt dagestanden, unfähig abzudrücken. Einmal hatte er sogar den Hahn gespannt und die Pistolenmündung Brisseau genau ins linke Ohr gehalten. Dann gab es an der Tür ein Geräusch, und Cloquet sprang hinter die Kommode und ließ die Pistole in Brisseaus Ohr stecken.

Madame Brisseau trat in einem geblümten Bademantel ins Zimmer, schaltete eine kleine Lampe an und bemerkte die Waffe, die ihrem Gatten einfach so seitlich aus dem Kopf ragte. Sie seufzte beinahe mütterlich, zog sie heraus und legte sie neben das Kopfkissen. Sie stopfte einen herausgerutschten Zipfel der Bettdecke fest, knipste das Licht aus und ging hinaus.

Cloquet, der ohnmächtig geworden war, erwachte eine Stunde später. Einen fürchterlichen Augenblick lang bildete er sich ein, er sei wieder ein Kind und daheim an der Riviera, aber als eine Viertelstunde vergangen war und er keine Touristen sah, fiel ihm ein, daß er immer noch hinter Brisseaus Kommode saß. Er ging zum Bett zurück, griff zur Pistole und richtete sie wieder auf den Kopf Brisseaus, aber nach wie vor war er außerstande, den Schuß abzugeben, der das Leben des berüchtigten faschistischen Denunzianten beendet haben würde.

Gaston Brisseau entstammte einer wohlhabenden,

rechtsgerichteten Familie und beschloß schon früh in seinem Leben, Berufsdenunziant zu werden. Als junger Mann nahm er Sprachunterricht, um noch deutlicher denunzieren zu können. Einmal hatte er Cloquet gestanden: »Mein Gott, ich genieße es, über Leute zu tratschen.«

»Und wieso?« fragte Cloquet.

»Ich weiß nicht. Damit sie sich in die Haare geraten, sich verpetzen.«

Brisseau verpfeift seine Freunde aus bloßem Spaß an der Sache, dachte Cloquet. Ein nicht wiedergutzumachender Frevel! Cloquet hatte einmal einen Algerier gekannt, dem es Freude machte, Leuten einen Klaps auf den Hinterkopf zu geben und dann zu lächeln und es abzustreiten. Es schien, als sei die Welt in gute und böse Menschen aufgeteilt. Die Guten schliefen besser, dachte Cloquet, und die Bösen hatten offenbar viel mehr Freude an den Stunden, die sie wachten.

Cloquet und Brisseau waren sich vor Jahren unter dramatischen Umständen begegnet. Brisseau hatte sich eines Abends im »Deux Magots« betrunken und war in Richtung Fluß getorkelt. In der Annahme, er sei schon zu Hause in seiner Wohnung, legte er die Kleider ab, aber statt ins Bett zu steigen, stieg er in die Seine. Als er versuchte, sich die Decken über den Kopf zu ziehen und dabei etwas Wasser abkriegte, fing er an zu schreien. Cloquet, der zufällig gerade in dem Moment seinem Toupet über den Pont Neuf nachjagte, hörte einen Schrei aus dem eisigen Wasser. Die Nacht war windig und dunkel, und Cloquet hatte in Sekundenschnelle zu entscheiden, ob er sein Leben aufs Spiel setzen wolle, um einen Unbekannten zu retten. Weil er keine Lust hatte, eine so folgenschwere Entscheidung auf nüchternen Magen zu treffen, ging er in ein Restaurant essen. Von Gewissensbissen geplagt, erstand er dann diverses Angelzeug und ging zurück, um Brisseau aus dem Fluß zu fischen. Zunächst probierte er es mit einer künstlichen Fliege, aber Brisseau war zu schlau, um anzubeißen, und schließlich sah sich Cloquet gezwungen, Brisseau mit einer Offerte kostenloser Tanzstunden ans Ufer zu locken und mit einem Netz an Land zu ziehen. Während Brisseau noch gemessen und gewogen wurde, wurden die beiden Freunde.

Cloquet trat nun näher an die schlafende, massige Gestalt Brisseaus und hob wieder die Pistole. Ein Schwindelgefühl überkam ihn, als er den tieferen Sinn seiner Tat überdachte. Es war ein existentielles Schwindelgefühl, das durch die unabweisbare Einsicht in die Ungewißheit des Lebens hervorgerufen wurde und nicht mit einer gewöhnlichen Alka-Seltzer zu beheben war. Was hier vonnöten war, das war ein Existentielles Alka-Seltzer – ein Präparat, das in vielen Drogerien auf dem linken Seineufer verkauft wurde. Es war eine riesige Pille von der Größe einer Autoradkappe, die, in Wasser aufgelöst, das ekelerregende, von zu viel Einsicht ins Leben ausgelöste Gefühl beseitigte. Cloquet hatte sie auch nach dem Genuß mexikanischen Essens ganz hilfreich gefunden.

Wenn ich beschließe, Brisseau zu töten, überlegte Cloquet jetzt, dann mache ich mich zum Mörder. Ich werde zu Cloquet, der tötet, statt einfach zu bleiben, was ich bin: Cloquet, der an der Sorbonne Hühnerpsychologie lehrt. Indem ich die Tat auf mich nehme, nehme ich sie für die ganze Menschheit auf mich. Was aber, wenn sich jeder auf der Welt so benähme wie ich und hierherkommt und Brisseau ins Ohr schießt? Das wär' ein Durcheinander! Ganz zu schweigen vom Lärm der Türklingel, die die ganze Nacht schellt. Und natürlich brauchten wir einen bewachten Parkplatz. Du lieber Gott, wie unschlüssig der Geist ist, wenn er sich moralischen oder ethischen Überlegungen zuwendet! Besser nicht viel denken! Sich mehr auf den Körper verlassen – der Körper ist verläßlicher. Er erscheint zu Verabredungen, sieht in einem Sportsakko gut aus, und wo er wirklich fabelhaft zu gebrauchen ist, das ist, wenn man eine Massage möchte.

Cloquet fühlte plötzlich das Bedürfnis, sich seiner eigenen Existenz zu versichern, und sah in den Spiegel über Brisseaus Kommode. (Er konnte nie an einem Spiegel vorübergehen, ohne einen schnellen Blick hineinzuwerfen, und einmal hatte er in einem Saunaklub so lange auf sein Spiegelbild im Swimmingpool gestarrt, daß die Direktion sich genötigt sah, das Wasser abzulassen.) Es hatte keinen Sinn. Er konnte keinen Menschen erschießen. Er ließ die Pistole fallen und floh.

Auf der Straße beschloß er, auf einen Brandy ins »La Coupole« zu gehen. Er mochte das »La Coupole», weil es immer hell und voller Menschen war und er normalerweise einen Tisch bekam – ganz im Gegensatz zu seiner Wohnung, wo es dunkel und trübselig war und seine Mutter, die auch dort wohnte, sich beharrlich weigerte, ihm einen Platz anzubieten. Aber an dem Abend war das »La Coupole« brechend voll. Wer sind alle diese Gesichter, fragte sich Cloquet. Sie scheinen zu etwas Abstraktem zu verschwimmen: »Die Leute«. Aber es gibt keine Leute, dachte er – nur Individuen. Cloquet hatte das Gefühl, das sei eine brillante Erkenntnis, eine, die er eindrucksvoll auf irgendeiner schicken Dinnerparty loswerden könne. Wegen Äußerungen wie dieser war er seit 1931 zu keiner Geselligkeit mehr eingeladen worden.

Er beschloß, zu Juliet zu gehen.

»Hast du ihn getötet?« fragte sie, als er ihre Wohnung betrat.

»Ja«, sagte Cloquet.

»Bist du sicher, daß er tot ist?«

»Er schien tot zu sein. Ich brachte meine Maurice-Chevalier-Nummer, die normalerweise großartig ankommt. Diesmal Fehlanzeige.«

»Gut. Dann wird er die Partei nie wieder hintergehen.«

Juliet gehörte zu den Marxisten, das rief Cloquet sich wieder in Erinnerung, obendrein zu den allerinteressantesten Marxisten – denen mit langen, sonnengebräunten Beinen. Sie war eine der wenigen Frauen, die er kannte, die zwei verschiedene Gedanken gleichzeitig im Kopf behalten konnten, zum Beispiel Hegels Dialektik und warum ein Mann, wenn man ihm die Zunge ins Ohr steckt, während er eine Rede hält, sofort wie Jerry Lewis klingt. Sie stand jetzt vor ihm in engem Rock und Bluse, und er wünschte sich, sie zu besitzen – sie so zu besitzen, wie er alle anderen Dinge besaß, sein Radio zum Beispiel oder die Schweinemaske aus Gummi, die er während der Okkupation getragen hatte, um die Nazis zu ärgern.

Plötzlich wälzten er und Juliet sich im Liebesspiel –

oder war es bloß ein Sexspiel? Er wußte, es gab einen Unterschied zwischen Sex und Liebe, aber er war der Meinung, beides sei wundervoll, solange nicht einer der Partner zufällig ein Hummerlätzchen umhatte. Frauen, überlegte er, sind etwas Weiches, das einen umhüllt. Das Dasein ist auch was Weiches, das einen umhüllt. Irgendwann wickelte es einen total ein. Dann kam man nicht wieder raus, es sei denn zu irgendwas wirklich Wichtigem, wie Mutters Geburtstag oder einer Geschworenensitzung. Cloquet dachte oft, es bestehe ein großer Unterschied zwischen dem Sein und dem In-der-Welt-Sein, und er meinte, egal, zu welcher Gruppe er gehöre, die andere amüsiere sich zweifellos besser.

Nach seinem Liebesdienst schlief er wie üblich gut, aber am nächsten Morgen wurde er zu seiner großen Überraschung wegen Mordes an Gaston Brisseau verhaftet.

Im Polizeipräsidium beteuerte Cloquet seine Unschuld, man eröffnete ihm jedoch, man habe seine Fingerabdrücke überall in Brisseaus Zimmer und auf der dort sichergestellten Pistole entdeckt. Als Cloquet in Brisseaus Haus eingebrochen war, hatte er außerdem den Fehler begangen, sich ins Gästebuch einzutragen. Es war hoffnungslos. Der Fall war von vornherein klar.

Der Prozeß, der die ganze folgende Woche über stattfand, glich einem Zirkus, obwohl es einige Schwierigkeiten bereitete, die Elefanten in den Gerichtssaal zu bekommen. Schließlich erklärten die Geschworenen Cloquet für schuldig, und er wurde zum Tod auf der Guillotine verurteilt. Ein Gnadengesuch wurde wegen eines Formfehlers abgelehnt, als herauskam, daß Cloquets Anwalt es eingereicht hatte, als er einen Pappschnurrbart trug.

Sechs Wochen später, am Vorabend seiner Hinrichtung, saß Cloquet allein in seiner Zelle, noch immer außerstande, den Ereignissen der vergangenen Monate Glauben zu schenken – besonders der Sache mit den Elefanten im Gerichtssaal. Am nächsten Tag um diese Zeit würde er tot sein. Cloquet hatte an den Tod immer als etwas gedacht, das anderen Leuten widerfuhr. »Ich stelle fest, dicken Menschen geschieht es oft«, sagte er zu seinem Anwalt. Cloquet selbst schien der Tod nur eine weitere abstrakte Vorstellung zu sein. Menschen sterben, dachte er, aber stirbt auch Cloquet? Diese Frage gab ihm zu denken, aber ein paar simple Strichzeichnungen auf einem Schreibblock, die einer der Wärter angefertigt hatte, machten die Sache ganz klar. Es gab keinen Ausweg. Bald würde er nicht mehr existieren.

Ich werde nicht mehr da sein, dachte er wehmütig, aber Madame Plotnick, die im Gesicht wie irgendwas auf der Speisekarte eines Fischrestaurants aussieht, wird es noch geben. Cloquet geriet langsam in Panik. Er wäre am liebsten weggelaufen und hätte sich versteckt oder, besser noch, wäre etwas Festes und Dauerhaftes geworden – ein solider Sessel zum Beispiel. Ein Sessel hat keine Probleme, dachte er. Er ist da, niemand geht ihm auf die Nerven. Er muß keine Miete zahlen oder sich politisch engagieren. Ein Sessel kann sich niemals den Zeh stoßen oder seine Ohrenschützer verkehrt aufsetzen. Er braucht nicht zu lächeln oder sich die Haare schneiden zu lassen, und man braucht sich keine Sorgen zu machen, daß er plötzlich zu husten anfängt oder eine Szene macht, wenn man ihn zu einer Party mitnimmt. Die Leute sitzen halt in einem Sessel, und wenn diese Leute sterben, dann sitzen andere darin. Seine Logik tröstete Cloquet, und als die Gefängniswärter im Morgengrauen kamen, um ihm den Nacken zu rasieren, tat er so, als sei er ein Sessel. Als sie ihn fragten, was er als Henkersmahl wolle, sagte er: »Ihr fragt ein Möbelstück, was es essen will? Warum polstert man mich nicht einfach auf?« Als sie ihn anstarrten, gab er nach und sagte: »Bloß etwas russische Tunke.«

Cloquet war immer Atheist gewesen, aber als der Priester, Pater Bernard, zu ihm kam, fragte er, ob er noch Zeit habe, zu konvertieren.

Pater Bernard schüttelte den Kopf. »Zu dieser Jahreszeit, glaube ich, sind die meisten besseren Religionen ausgebucht«, sagte er. »Das beste, was ich in so kurzer Zeit eventuell machen könnte, wäre vielleicht anzurufen und Sie in was Hinduistischem unterzubringen. Dazu brauche ich allerdings ein Paßfoto.«

Zwecklos, überlegte Cloquet. Ich werde meinem Schicksal allein gegenübertreten müssen. Es gibt keinen Gott. Es gibt keinen Sinn im Leben. Nichts hat Dauer. Selbst die Werke des großen Shakespeare werden vergehen, wenn das Weltall ausglüht – kein so schrecklicher Gedanke natürlich, wenn man an ein Stück wie *Titus Andronicus* denkt, aber wie steht es mit den anderen? Kein Wunder, daß sich verschiedene Leute umbringen! Warum diese Absurdität nicht beenden? Warum in diesem sinnlosen Maskentreiben namens Leben fortfahren? Warum, es sei denn, irgendwo in uns sagt eine Stimme: »Lebe!« Immer hören wir von irgendwoher aus unserem Inneren den Befehl: »Lebe weiter!« Cloquet erkannte die Stimme: es war sein Versicherungsvertreter. Natürlich, dachte er – Fischbein will bloß nicht auszahlen.

Cloquet sehnte sich, frei zu sein – aus dem Gefängnis entlassen zu sein und über eine weite Wiese zu hüpfen. (Cloquet hüpfte immer, wenn er glücklich war. Ja, diese Angewohnheit hatte ihn vor dem Militärdienst bewahrt.) Der Gedanke an die Freiheit ließ ihn sich zugleich heiter und ängstlich fühlen. Wenn ich wirklich frei wäre, dachte er, könnte ich meine Möglichkeiten restlos ausleben. Ich könnte vielleicht Bauchredner werden, wie ich es mir immer gewünscht habe. Oder in Reizwäsche und mit falscher Nase und Brille im Louvre aufkreuzen.

Ihm wurde ganz schwummerig, als er seine Möglichkeiten überdachte, und war dabei, in Ohnmacht zu fallen, als ein Wärter seine Zellentür öffnete und ihm sagte, der wahre Mörder Brisseaus habe soeben gestanden. Cloquet sei frei und könne gehen. Cloquet fiel auf seine Knie und küßte den Zellenfußboden. Er sang die Marseillaise. Er weinte! Er tanzte! Drei Tage später war er wieder im Gefängnis: er war in Reizwäsche und mit falscher Nase und Brille im Louvre aufgekreuzt.

Des Schicksals kalte Schulter

(Notizen zu einem Achthundert-Seiten-Roman – dem großen Buch, auf das alle warten)

Die Vorgeschichte: Schottland 1823.

Ein Mann wird verhaftet, weil er einen Kanten Brot gestohlen hat. »Ich mag bloß den Kanten«, erklärt er und wird als der Dieb entlarvt, der kürzlich mehrere Speiselokale damit in Schrecken versetzte, daß er lediglich das Endstück des Roastbeefs stahl. Der Beschuldigte, Solomon Entwhistle, wird vor Gericht gezerrt, wo ihn ein gestrenger Richter zu fünf bis zehn Jahren (je nachdem, was eher kommt) Zwangsarbeit verurteilt. Entwhistle wird in ein Verlies gesperrt, und der Schlüssel dazu wird in einem frühen Akt aufgeklärter Gefangenenbehandlung weggeworfen. Verzweifelt, doch entschlossen macht Entwhistle sich an die mühevolle Aufgabe, sich einen Tunnel in die Freiheit zu graben. Sorgsam mit einem Löffel buddelnd gräbt er sich unter den Gefängnismauern durch und bohrt sich dann Löffel für Löffel unter Glasgow weg Richtung London. Er hält inne, um in Liverpool wieder aufzutauchen, stellt aber fest, daß ihm der Tunnel lieber ist. Als er in London ist, schmuggelt er sich an Bord eines Frachters, der in die Neue Welt ausläuft, und träumt davon, das Leben nochmal von vorn zu beginnen, diesmal als Frosch.

Als er nach Boston kommt, lernt er Margaret Figg kennen, eine anmutige neu-englische Schullehrerin, deren Spezialität es ist, Brot zu backen und es sich dann auf den Kopf zu legen. Fasziniert heiratet Entwhistle sie, und die beiden machen einen kleinen Laden auf, wo sie in einem sich ständig steigernden Kreislauf sinnloser Betriebsamkeit Häute und Walfett gegen Elfenbeinschnitzereien tauschen. Der Laden ist sogleich ein Erfolg, und 1850 ist Entwhistle wohlhabend, gebildet und angesehen und betrügt seine Frau mit einer ausgewachsenen Beutelratte. Er hat mit Margaret Figg zwei Söhne – der eine ist normal, der andere einfältig, allerdings ist der Unterschied schwer festzustellen, bevor nicht jemand beiden einen Jo-Jo in die Hand drückt. Seine kleine Handelsniederlassung entwickelt sich weiter und wird zu einem gigantischen modernen Warenhaus, und als er mit fünfundachtzig an den Blattern und einem Tomahawk im Schädel stirbt, ist er glücklich.

(Beachte: Daran denken, Entwhistle liebenswert zu gestalten.)

Schauplätze und Beobachtungen 1976.

Wenn man die Alton Avenue nach Osten spaziert, kommt man am Lagerhaus der Brüder Costello, Adelmans Tallis Reparaturwerkstatt, dem Beerdigungsinstitut Chones und Higbys Spielhalle vorbei. John Higby, der Besitzer, ist ein stämmiger Mann mit buschigem Haar, der mit neun Jahren von einer Leiter fiel, und dem man zwei Tage im voraus Bescheid geben muß, wenn er aufhören soll zu grinsen. Wendet man sich von Higbys Laden aus in Richtung Norden oder Stadtrand (in Wirklichkeit ist es der Stadtkern, und der wirkliche Stadtrand liegt jetzt quer durch die ganze Stadt in entgegengesetzter Richtung), dann kommt man zu einem kleinen grünen Park. Hier spazieren die Bürger umher und plaudern miteinander, und wenn hier auch keine Raubüberfälle und Vergewaltigungen vorkommen, so wird man doch oft von Schnorrern oder Leuten angesprochen, die behaupten, Julius Caesar zu kennen. Jetzt läßt der kalte Herbstwind (hier bekannt als Santana, denn er kommt jedes Jahr zur gleichen Zeit und fegt die meisten älteren Leute aus ihren Schuhen) das letzte Sommerlaub von den Bäumen fallen und weht es zu dürren Haufen zusammen. Es überfällt einen das geradezu existentielle Gefühl von Sinnlosigkeit – besonders seit die Massagesalons zu haben. Es herrscht ausgesprochen das Gefühl metaphysischen »Andersseins«, das man nicht erklären kann, außer man sagt, es ist ganz anders, als was sonst so in Pittsburgh passiert. Auf ihre Weise ist die Stadt eine Metapher, aber wofür? Sie ist nicht nur eine Metapher, sie ist ein Gleichnis. Sie ist »wo was los ist«. Sie ist »jetzt«. Sie ist auch »später«. Sie ist jede Stadt in Amerika und wieder auch keine. Das bringt die Briefträger völlig durcheinander. Und das große Kaufhaus heißt Entwhistle.

Blanche (Meiner Kusine Tina nachgestalten!).

Blanche Mandelstam, mädchenhaft, doch kräftig, mit nervösen, knubbeligen Fingern und einer Brille mit dikken Gläsern (»Ich wollte Olympiaschwimmerin werden«, sagt sie zu ihrem Arzt, »aber ich hatte Schwierigkeiten mit dem Obenbleiben«), wird von ihrem Radiowecker geweckt.

Vor Jahren hätte Blanche als hübsch gegolten, allerdings nicht länger zurück als bis zum Pleistozän. Für ihren Mann, Leon, jedoch ist sie »das schönste Geschöpf der Welt, wenn man von Ernest Borgnine absieht«. Blanche und Leon lernten sich vor langer Zeit auf einem Highschool-Ball kennen. (Sie ist eine ausgezeichnete Tänzerin, auch wenn sie beim Tango ständig auf einem Schaubild, das sie bei sich trägt, einige Tanzschritte nachsehen muß.) Sie sprachen offen miteinander und fanden, daß sie an vielen Dingen gemeinsam Vergnügen hatten. Zum Beispiel schliefen beide gern auf Speckwürfeln. Blanche war davon beeindruckt, wie Leon sich kleidete, denn sie hatte noch niemanden gesehen, der sein Mäntelchen auf drei Schultern gleichzeitig trug. Das Paar wurde getraut, und es ist noch nicht lange her, da hatten sie ihre erste und einzige sexuelle Erfahrung. »Es war absolut phantastisch«, erinnert sich Blanche, »allerdings entsinne ich mich, daß Leon versuchte, sich die Pulsadern zu öffnen.«

Blanche sagte zu ihrem soeben Angetrauten, obwohl er als menschliches Versuchskaninchen ganz annehmbar verdiene, wolle sie ihre Stellung in der Schuhabteilung bei Entwhistle behalten. Zu stolz, sich aushalten zu lassen, gab Leon widerstrebend seine Zustimmung, bestand aber darauf, daß sie sich mit fünfundneunzig pensionieren lassen müsse. Nun setzte sich das Paar zum Frühstück nieder. Das bestand für ihn aus Saft, Toast und Kaffee. Für Blanche aus dem üblichen: einem Glas heißem Wasser, einem Hühnerflügel, süßscharfem Schweinefleisch und Cannelloni. Dann machte sie sich zu Entwhistle auf.

(Beachte: Blanche sollte beim Herumgehen singen, genauso wie meine Kusine Tina, bloß nicht andauernd die japanische Nationalhymne.)

Carmen (Eine psychopathologische Studie, die auf Charaktermerkmale zurückgreift, wie sie bei Fred Simdong, seinem Bruder Lee und ihrem Kater Sparky zu beobachten sind).

Carmen Pinchuck, untersetzt und glatzköpfig, trat aus der dampfenden Dusche und nahm seine Badekappe ab. Obwohl er vollkommen ohne Haare war, haßte er es, einen nassen Kopf zu bekommen. »Warum auch?« sagte er zu Freunden. »Dann hätten mir meine Feinde etwas voraus.« Irgend jemand wandte ein, diese Einstellung könne als seltsam betrachtet werden, aber er lachte, ließ seine Blicke aufmerksam durchs Zimmer schweifen, um zu sehen, ob er beobachtet werde, und küßte dann schnell ein paar Sofakissen. Pinchuck ist ein nervöser Mann, der in seiner Freizeit angelt, aber seit 1923 nichts mehr gefangen hat. »Ich nehme an, es beißt auch keiner«, kichert er vergnügt. Aber als ein Bekannter ihn darauf aufmerksam machte, daß er die Angelschnur in einem Topf mit süßer Sahne hängen hatte, wurde er verlegen.

Pinchuck hat schon viel hinter sich. Er wurde aus der Highschool geworfen, weil er im Unterricht stöhnte, darauf arbeitete er als Schafhirt, Psychotherapeut und Pantomime. Gegenwärtig ist er bei der Fisch- und Wildbretgesellschaft beschäftigt, wo er dafür bezahlt wird, daß er Eichhörnchen Spanischunterricht erteilt. Menschen, die ihn lieben, haben Pinchuck als »Strolch, Einsiedler und Psychopathen mit Apfelbäckchen« geschildert. »Er sitzt gern in seinem Zimmer und gibt dem Radio freche Antworten«, sagte ein Nachbar. »Er kann sehr anhänglich sein«, bemerkte ein anderer. »Als Mrs. Monroe einmal auf dem Eis ausrutschte, rutschte er aus Zuneigung auch auf ein bißchen Eis aus.« Politisch ist Pinchuck nach eigenem Eingeständnis unabhängig, und bei der letzten Präsidentenwahl schrieb er auf seinen Stimmzettel den Namen Luis Somoza.

Pinchuck setzte sich nun seine Chauffeursmütze aus Tweed auf, nahm ein in braunes Papier eingeschlagenes Paket in die Hand und ging aus seiner Pension auf die Straße. Da bemerkte er, daß er abgesehen von seiner Chauffeursmütze aus Tweed nackt war, kehrte um, zog sich an und machte sich zu Entwhistle auf den Weg.

(Beachte: Daran denken, Pinchucks Feindseligkeit seiner Mütze gegenüber genauer auf den Grund zu gehen.)

Das Zusammentreffen (in groben Zügen).

Die Türen des Warenhauses öffneten sich Punkt zehn, und obwohl der Montag normalerweise ein flauer Tag war, sorgte ein Sonderangebot an radioaktivem Thunfisch im Nu dafür, daß das unterste Stockwerk verstopft war. Eine Stimmung wie unmittelbar vor dem Weltuntergang lag über der Schuhabteilung wie eine nasse Zeltbahn, als Carmen Pinchuck Blanche Mandelstam sein Paket überreichte und sagte: »Ich möchte diese Hushpuppies zurückgeben, sie sind mir zu klein.«

»Haben Sie den Kassenbon?« entgegnete Blanche, die versuchte, gleichmütig zu bleiben, obgleich sie später gestand, ihre Welt sei plötzlich langsam in Scherben gegangen. (»Ich kann seit meinem Unfall nicht mehr mit Leuten umgehen«, erzählte sie Freunden. Vor sechs Monaten hatte sie beim Tennisspielen einen Ball verschluckt. Seither ist ihre Atmung unregelmäßig.)

»Äh, nein«, erwiderte Pinchuck nervös. »Den habe ich verloren.« (Das zentrale Problem seines Lebens ist, daß er ständig Dinge verlegt. Einmal ging er schlafen, und als er aufwachte, war sein Bett nicht da.) Als nun Kunden hinter ihm ungeduldig eine Schlange bildeten, brach ihm der kalte Schweiß aus.

»Sie müssen sich das vom Abteilungsleiter genehmigen lassen«, sagte Blanche und verwies Pinchuck an Mr. Dubinsky, mit dem sie bereits seit Allerheiligen eine Affäre hatte. (Lou Dubinsky, Absolvent der besten Maschinenschreibschule Europas, war ein Genie, bis der Alkohol seine Schreibgeschwindigkeit auf ein Wort pro Tag herabsetzte und er gezwungen war, in einem Kaufhaus zu arbeiten.)

»Haben Sie sie angehabt?« fuhr Blanche fort und kämpfte gegen ihre Tränen an. Die Vorstellung von Pinchuck in seinen Hushpuppies war ihr unerträglich. »Mein Vater trug immer Hushpuppies«, gestand sie. »Beide am selben Fuß.«

Pinchuck wand sich. »Nein«, sagte er, »äh – ich meine, ja. Ich hatte sie ganz kurz an, aber nur in der Badewanne.«

»Warum haben Sie sie denn gekauft, wenn sie zu klein

sind?« fragte Blanche, sich nicht bewußt, daß sie damit ein menschliches Grundparadox aussprach.

Die Wahrheit war, daß Pinchuck sich in den Schuhen nicht wohlgefühlt hatte, aber sich nie dazu überwinden konnte, zu einem Verkäufer nein zu sagen. »Ich möchte *geliebt* werden«, bekannte er Blanche. »Einmal habe ich ein lebendes Gnu gekauft, weil ich nicht nein sagen konnte.« (Beachte: O. F. Krumgold hat einen exzellenten Aufsatz über bestimmte Stämme auf Borneo geschrieben, die in ihrer Sprache kein Wort für »nein« haben und demzufolge Bitten damit abschlagen, daß sie mit dem Kopf nikken und sagen: »Ich komme auf dich zurück.« Das bestätigt seine frühere Theorie, daß der Drang, um jeden Preis geliebt zu werden, sich nicht nach der Umwelt richtet, sondern Veranlagung ist, genauso wie die Fähigkeit, Operetten durchzustehen.)

Um zehn nach elf hatte der Abteilungsleiter Dubinsky den Umtausch genehmigt, und Pinchuck erhielt ein größeres Paar Schuhe. Pinchuck gestand später, der Vorfall habe bei ihm eine schwere Depression und leichte Benommenheit ausgelöst, was er auch auf die Nachricht zurückführte, daß sein Papagei geheiratet habe.

Kurze Zeit nach dieser Affäre bei Entwhistle gab Carmen Pinchuck seine Stellung auf und wurde chinesischer Kellner im Kantonrestaurant Sung Ching. Blanche Mandelstam erlitt kurz darauf einen ziemlichen Nervenzusammenbruch und versuchte, mit einem Foto von Dizzy Dean durchzubrennen. (Beachte: Bei näherem Nachdenken wäre es vielleicht das beste, Dubinsky zu einer Handpuppe zu machen.) Ende Januar schloß das Kaufhaus Entwhistle zum letzten Mal seine Tore, und Julie Entwhistle, die Eigentümerin, nahm ihre Familie, die sie von ganzem Herzen liebte, und schaffte sie in den Zoo von Bronx.

(Dieser letzte Satz sollte so bleiben, wie er ist. Er kommt mir sehr, sehr bedeutend vor. Ende der Notizen zu Kapitel 1.)

Die UFO-Gefahr

UFOs machen mal wieder Schlagzeilen, und es wird höchste Zeit, daß wir dieses Phänomen einmal ernsthaft ins Auge fassen. (Im Augenblick ist die Zeit zehn nach acht, wir kommen also nicht nur ein paar Minuten zu spät, sondern ich habe auch Hunger.) Bis jetzt ist das ganze Thema Fliegende Untertassen meist mit Wirrköpfen und Spinnern in Verbindung gebracht worden. Häufig werden Leute, die UFOs gesehen haben, auch wirklich zugeben, zu beiden dieser Gruppen zu gehören. Dennoch hat der Umstand, daß verantwortungsbewußte Menschen sie immer wieder sichten, die Air Force und die Wissenschaft dazu gebracht, ihre einstmals skeptische Haltung zu überprüfen, und nun ist ein Betrag von zweihundert Dollars für eine erschöpfende Untersuchung dieses Phänomens bereitgestellt worden. Die Frage ist: Gibt's da draußen irgendwas? Wenn ja, haben sie Strahlenkanonen?

Es mag sich erweisen, daß nicht alle UFOs extraterrestrischer Herkunft sind, aber die Experten sind sich darüber einig, daß jedes leuchtende, zigarrenförmige Flugobjekt, das imstande ist, einfach so mit zwanzigtausend Sachen pro Sekunde nach oben zu schießen, eine Wartung und Zündkerzen erfordert, wie es sie bloß auf dem Pluto gibt. Wenn diese Objekte wirklich von einem anderen Planeten stammen, dann muß die Zivilisation, die sie gebaut hat, unserer um Millionen von Jahren voraus sein. Entweder das, oder sie haben großes Glück gehabt. Professor Leon Speciman geht von einer Zivilisation im Weltall aus, die unserer etwa fünfzehn Minuten voraus ist. Das, meint er, läßt sie uns gewaltig überlegen sein, weil sie sich nicht beeilen müssen, um pünktlich zu Verabredungen zu erscheinen.

Dr. Brackish Menzies, der in der Beobachtungsstation auf dem Mount Wilson arbeitet oder aber im Nervensanatorium auf dem Mount Wilson unter Beobachtung steht (das ist nicht einwandfrei zu entziffern), behauptet, Weltraumreisende, die sich annähernd mit Lichtgeschwindigkeit bewegten, brauchten viele Millionen Jahre, um zu uns zu kommen, selbst aus dem nächstgelegenen Sonnensystem, und das würde die Fahrt, wenn man sich die Shows am Broadway vor Augen führte, kaum lohnen. (Es ist unmöglich, sich schneller als das Licht vorwärts zu bewegen, und bestimmt auch nicht wünschenswert, weil es einem ständig den Hut vom Kopf pusten würde.)

Interessanterweise ist nach Meinung moderner Astronomen der Weltraum endlich. Das ist ein sehr tröstlicher Gedanke – besonders für Leute, denen nie einfällt, wo sie ihre Sachen hingelegt haben. Der Kerngedanke aller Überlegungen über das Universum ist aber, daß es sich ausdehnt und eines Tages auseinanderplatzt und verschwindet. Darum ist es das beste, einen Kompromiß zu machen, wenn das Mädchen in dem Büro am Ende des Korridors zwar ein paar gute Seiten hat, aber vielleicht nicht all die Vorzüge, die man sich in den Kopf gesetzt hat.

Die am häufigsten gestellte Frage über UFOs ist: Wenn Fliegende Untertassen aus dem Weltraum kommen, warum haben dann ihre Piloten nicht versucht, Kontakt mit uns aufzunehmen, anstatt geheimnisvoll über menschenleeren Gegenden herumzuschwirren? Meine Theorie dazu ist, daß für Wesen aus einem anderen Sonnensystem das »Schwirren« durchaus eine gesellschaftlich annehmbare Form der Kontaktaufnahme sein könnte. Es könnte sogar angenehm sein. Ich selber schwirrte einmal sechs Monate um eine achtzehnjährige Schauspielerin herum, und das war die schönste Zeit meines Lebens. Man sollte sich auch vor Augen führen: wenn wir von »Leben« auf anderen Planeten sprechen, dann meinen wir oft Aminosäuren, die nie sehr gesellig sind, nicht mal auf Parties.

Die meisten Menschen neigen dazu, UFOs für ein Problem von heute zu halten, aber könnten sie nicht ein Phänomen sein, das der Mensch schon seit Jahrhunderten kennt? (Uns kommt ein Jahrhundert recht lang vor, besonders wenn man auf einem Schuldschein sitzt, aber nach astronomischen Maßstäben ist es in einer Sekunde vorbei. Aus diesem Grund ist es immer das beste, eine Zahnbürste bei sich zu haben und jederzeit zum Aufbruch bereit zu sein.) Die Gelehrten berichten uns nun, daß unerkannte Flugobjekte schon in biblischen Zeiten gesichtet wurden. Zum Beispiel gibt es eine Stelle im

3. Buch Moses, wo es heißt: »Und es erschien ein großer und silberiger Ball über den assyrischen Heerscharen, und in ganz Babylonien war Heulen und Zähneklappern, bis daß die Propheten den Haufen Volks geboten, sich zusammenzureißen und im Halbkreis aufzustellen.«

Hing diese Erscheinung vielleicht mit einer anderen zusammen, die Jahre später Parmenides folgendermaßen beschrieb: »Drei orangefarbene Gegenstände erschienen mit einemmal am Himmelszelt und kreisten über der Stadtmitte Athens, schwebten über den Thermen und ließen einige unserer weisesten Philosophen zu den Handtüchern greifen«? Und ähnelten wiederum diese »orangefarbenen Gegenstände« dem, was in einer kürzlich entdeckten sächsischen Kirchenhandschrift des 12. Jahrhunderts geschildert wird: »Ain lach lacht er / wô rîht lag zu nassan ain kork-gehaltan schône / diwîlen ain rôt balle ser hôhe swam oben. Ich danke Ihnen, meine Damen und Herren«?

Dieser Bericht bedeutete nach Meinung des mittelalterlichen Klerus, daß das Ende der Welt nahe bevorstünde, und es herrschte große Enttäuschung, als der Montag kam und alle wieder zurück an die Arbeit mußten.

Schließlich und höchst überzeugend notierte Goethe persönlich 1822 eine seltsame Himmelserscheinung. »*En route* heim vom Angstfestspiele zu Leipzig«, schrieb er, »wollte ich eben den Weg über eine Wiese nehmen, da wandte ich mein Auge zufällig himmelwärts und sah mehrere feurigrote Bälle plötzlich am südlichen Firmamente erscheinen. Sie stürzten mit großer Schnelligkeit hernieder und begannen, Jagd auf mich zu machen. Ich rief, ich sei ein Genie und demzufolge nicht sehr schnell zu Fuße, doch meine Worte wurden nicht gehört. Ich geriet in Zorn und schleuderte ihnen meine Verwünschungen entgegen, worauf sie erschreckt von dannen flohen. Beethoven erzählte ich von diesem Vorfalle, mir nicht vergegenwärtigend, daß er bereits ertaubt war, und er lächelte, nickte und sagte: ›Sehr richtig‹.«

In der Regel ergeben sorgfältige Untersuchungen an Ort und Stelle, daß die meisten »unerkannten« Flugobjekte ganz normale Erscheinungen sind, wie zum Beispiel Wetterballons, Meteoriten, Satelliten und einmal sogar ein Mann namens Louis Mandelbaum, den es vom Dach des Welthandelszentrums geweht hatte. Ein typischer »aufgeklärter« Fall ist der, von dem Sir Chester Ramsbottom am 5. Juni 1961 in Shropshire berichtete: »Ich fuhr um zwei Uhr morgens die Straße entlang und sah ein zigarrenförmiges Ding, das meinen Wagen zu verfolgen schien. Ganz gleich, wie ich auch fuhr, es blieb mir auf den Fersen, wobei es mit mir zusammen scharf um alle Ecken bog. Es war von grellem, leuchtendem Rot, und obgleich ich im Zickzack fuhr und den Wagen bei hoher Geschwindigkeit wendete, konnte ich es nicht abschütteln. Ich bekam Angst und fing an zu schwitzen. Ich stieß einen Schreckensschrei aus und wurde offenbar ohnmächtig, kam aber wunderbarerweise unversehrt in einem Krankenhaus wieder zu mir.« Bei Nachforschungen fanden Fachleute heraus, daß das »zigarrenförmige Ding« Sir Chesters Nase war. Natürlich konnte er sie mit all seinen Ausweichmanövern nicht abschütteln, da sie ja an seinem Gesicht festsaß.

Ein anderer aufgeklärter Fall nahm Ende April mit dem Bericht von Generalmajor Curtis Memling vom Luftwaffenstützpunkt Andrews seinen Anfang: »Ich spazierte eines Abends gerade über ein Feld, da sah ich plötzlich am Himmel eine große silberne Scheibe. Sie flog über mich weg, keine fünfzehn Meter über meinem Kopf, und beschrieb wiederholt aerodynamische Figuren, zu denen kein normales Flugzeug imstande ist. Mit einemmal erhöhte sie die Geschwindigkeit und schoß in atemberaubendem Tempo davon.«

Die Untersuchungskommission wurde mißtrauisch, als sie bemerkte, daß General Memling diesen Vorfall nicht schildern konnte, ohne zu kichern. Später gab er zu, er sei gerade aus dem Garnisonskino von einer Vorstellung des Films »Der Krieg der Welten« gekommen und habe »einen irren Spaß daran gehabt«. Ironischerweise berichtete General Memling 1976 noch einmal, ein UFO gesichtet zu haben, aber man kam bald dahinter, daß auch er sich von Sir Chester Ramsbottoms Nase hatte irreführen lassen – ein Umstand, der in der Air Force Bestürzung hervorrief und schließlich dazu führte, daß General Memling vor ein Kriegsgericht kam.

Wenn die meisten Beobachtungen von UFOs zufriedenstellend aufgeklärt werden können, wie steht es dann mit den wenigen, bei denen das nicht der Fall ist? Es folgen nun einige der rätselvollsten Beispiele »ungelöster« Begegnungen, von denen die erste ein Mann aus Boston im Mai 1969 zu Protokoll gab: »Ich ging mit meiner Frau am Strand entlang. Sie ist keine sehr reizvolle Frau. Ziemliches Übergewicht. Vielmehr zog ich sie damals auf einem Wägelchen hinter mir her. Plötzlich blickte ich nach oben und sah eine riesige weiße Untertasse, die offensichtlich mit hoher Geschwindigkeit herunterkam. Ich nehme an, ich kriegte Panik, denn ich ließ den Strick vom Wägelchen meiner Frau einfach fallen und machte mich aus dem Staub. Die Untertasse flog direkt über meinen Kopf weg, und ich hörte eine unheimliche metallische Stimme sagen: ‚Ruf den Auftragsdienst an.‘ Als ich nach Hause kam, rief ich den Auftragsdienst an und bekam mitgeteilt, daß mein Bruder Ralph umgezogen sei und seine ganze Post zum Neptun nachgeschickt werden solle. Ich sah ihn nie wieder. Meine Frau erlitt bei dem Vorfall einen schweren Nervenzusammenbruch und kann sich jetzt nicht mehr unterhalten, ohne eine Handpuppe zu benutzen.«

Und I. M. Axelbank aus Athens, Georgia, im Februar 1971: »Ich bin ein erfahrener Pilot und flog meine private Chessna von New Mexico nach Amarillo, Texas, um ein paar Leute zu bombardieren, deren religiöse Überzeugung mir nicht richtig paßt, als ich bemerkte, daß etwas neben mir flog. Zuerst dachte ich, es wäre ein anderes Flugzeug, bis ein grüner Lichtstrahl davon ausging, der mein Flugzeug zwang, in vier Sekunden dreitausend Meter runterzugehen, wodurch mir das Toupet vom Kopf zischte und ein Loch von einem halben Meter Durchmesser ins Kabinendach riß. Immer wieder rief ich über Funk um Hilfe, bekam aber aus irgendwelchen Gründen nur die alte Sendung *Mr. Anthony beantwortet Hörerfragen* rein. Wieder kam das UFO sehr nahe an mein Flugzeug heran und sauste dann in aberwitzigem Tempo davon. Inzwischen hatte ich mich verflogen und war gezwungen, auf der Autobahn notzulanden. Ich setzte die Reise per Flugzeug auf dem Erdboden fort und bekam erst Scherereien, als ich bei einer Mautstelle durch wollte und mir die Flügel abbrach.«

Eines der unheimlichsten Erlebnisse hatte im August 1975 ein Mann am Montauk Point auf Long Island: »Ich lag in meinem Sommerhaus im Bett, konnte aber nicht schlafen, weil ich meinte, auf etwas Brathuhn im Kühlschrank Anrecht zu haben. Ich wartete, bis meine Frau eingeschlafen war, dann schlich ich auf Zehenspitzen in die Küche. Ich weiß noch, daß ich auf die Uhr sah. Es war genau Viertel nach vier. Das weiß ich ganz genau, weil unsere Küchenuhr schon seit einundzwanzig Jahren nicht mehr geht und immer diese Zeit zeigt. Mir fiel auch auf, daß unser Hund, Judas, sich komisch benahm. Er stand auf seinen Hinterbeinen und sang: ›Wie herrlich ist's, ein Weib zu sein.‹ Plötzlich wurde das ganze Zimmer hellorange. Zuerst dachte ich, meine Frau hätte mich dabei erwischt, daß ich zwischen den Mahlzeiten was esse, und das Haus angezündet. Dann guckte ich aus dem Fenster, und da sah ich zu meinem Erstaunen genau über den Wipfeln der Bäume im Hof ein riesiges zigarrenförmiges Luftschiff schweben, von dem ein orangerotes Licht ausging. Ich stand wie angewurzelt da, und das muß mehrere Stunden gedauert haben, obwohl unsere Uhr immer noch Viertel nach vier zeigte und sich das also schwer feststellen läßt. Schließlich kam ein großer mechanischer Greifer aus dem Luftschiff hervor, schnappte sich die beiden Brathuhnstücke aus meiner Hand und zog sich schnell wieder zurück. Dann erhob sich die Maschine in die Lüfte, bekam ein Mordstempo drauf und verschwand am Himmel. Als ich den Vorfall der Air Force meldete, wurde mir gesagt, was ich gesehen hätte, wäre ein Vogelschwarm gewesen. Als ich Einspruch erhob, versicherte mir Colonel Quincy Bascomb persönlich, die Air Force werde mir die zwei Stücke Brathuhn erstatten. Bis heute habe ich aber bloß ein Stück zurückbekommen.«

Schließlich ein Bericht von zwei Fabrikarbeitern aus Louisiana vom Januar 1977: »Roy und ich, wir warn auf Katzenfisch im Moor. Mir gefällts im Moor und Roy auch. Wir hatten nicht getrunken, aber natürlich hatten wir ne dicke Pulle Methylenchlorid dabei, das wir beide gern mögen, entweder mit m Spritzer Zitrone oder ner kleinen Zwiebel. Egal, ungefähr um Mitternacht kucken wir nach oben und sehen, wie ne hellgelbe Kugel ins Moor runterkommt. Zuerst hält Roy das für n Schreikranich und ballert drauf, aber ich sage: ›Roy, das ist kein Kranich, weils keinen Schnabel hat.‹ Daran kann man n Kranich erkennen. Roys Sohn Gus hat n Schnabel, nich, und denkt, er is n Kranich. Egal, mit einmal flutscht da ne Tür auf und n paar Figuren komm da raus. Die sehn aus wie kleine Kofferradios mit Zähnen und kurzen Haaren. Sie hatten auch Beine, aber wo normalerweise die Zehen sind, da hatten sie Räder. Sie gaben mir n Wink, näherzukommen, was ich auch tat, und da gaben sie mir ne Spritze mit ner Flüssigkeit, die machte, daß ich lächelte und mich wie Mary Poppins aufführte. Sie sprachen in ner fremden Sprache miteinander, die klang, wie wenn man mit m Auto rückwärts über ne dicke Person wegfährt. Sie nahmen mich mit in das Luftschiff und machten mit mir so was Ähnliches wie ne komplette ärztliche Untersuchung. Ich war einverstanden, denn ich hatte mich schon zwei Jahre nicht mehr richtig durchkucken lassen. Inzwischen hatten sie meine Sprache gelernt, aber sie machten immer noch einfache Fehler, wie zum Beispiel, daß sie »Hermeneutik« sagten, wenn sie »Heuristik« meinten. Sie erzählten mir, sie wärn von ner anderen Galaxis gekommen, um der Erde mitzuteilen, daß wir lernen müßten, in Frieden zu leben, oder sie würden mit Spezialwaffen wiederkommen und alle erstgeborenen Knaben laminieren. Sie sagten, das Ergebnis meiner Blutuntersuchung kriegten sie in n paar Tagen zurück, und wenn ich nichts von ihnen hörte, könnte ich Clair in aller Ruhe heiraten.«

Meine Apologie

Von allen berühmten Männern, die je gelebt haben, wäre ich am liebsten Sokrates gewesen. Nicht bloß, weil er ein großer Denker war, denn ich bin dafür bekannt, selbst über einige ziemlich tiefgründige Einsichten zu verfügen, wenn sich meine auch beständig um eine schwedische Stewardeß und ein Paar Handschellen drehen. Nein, was mir diesen Weisesten aller Griechen so anziehend machte, war sein Mut im Angesicht des Todes. Er war entschlossen, seine Grundsätze nicht aufzugeben, sondern lieber sein Leben dafür zu opfern, eine Überzeugung unter Beweis zu stellen. Ich persönlich bin dem Sterben gegenüber nicht ganz so furchtlos und werfe mich bei jedem unangenehmen Geräusch, wie etwa der Fehlzündung eines Autos, augenblicklich demjenigen in die Arme, mit dem ich mich gerade unterhalte. Schließlich gab Sokrates' mutiger Tod seinem Leben eine wirkliche Bedeutung, was man von meinem Dasein absolut nicht sagen kann, wenngleich es eine minimale Bedeutung für die staatliche Steuerbehörde besitzt. Ich muß gestehen, daß ich viele Male versucht habe, in die Sandalen dieses großen Philosophen zu schlüpfen, aber ganz gleich, wie oft ich das tue, immer nicke ich auf der Stelle ein und habe den folgenden Traum.

(Schauplatz ist meine Gefängniszelle. Gewöhnlich bin ich allein und knobele an irgendeinem tiefgründigen Problem des rationalen Denkens herum, wie zum Beispiel: Kann ein Gegenstand ein Kunstwerk genannt werden, wenn man ihn auch zum Ofensaubermachen benutzen kann? Alsbald werde ich von Agathon und Simmias besucht.)

AGATHON: Ach, mein guter Freund, du weiser alter Denker. Wie gehen dir die Tage der Gefangenschaft dahin?

ALLEN: Wie kann man von Gefangenschaft denn reden, Agathon? Kann doch mein Körper nur gefangen sein. Mein Geist streift frei, von den vier Wänden unbeschränkt umher, und darum wahrlich frage ich, gibt es Gefangenschaft denn überhaupt?

AGATHON: Nun, und wie steht's, wenn du spazierengehen willst?

ALLEN: Sehr gut gefragt. Das kann ich nicht.

(Wir drei sitzen in klassischen Posen da, ganz ähnlich wie auf einem Fries. Schließlich spricht Agathon.)

AGATHON: Ich fürchte sehr, die Nachricht ist von Übel. Du bist zum Tod verurteilt worden.

ALLEN: Ach, es macht mich traurig, daß Streit ich im Senat verursacht haben sollte.

AGATHON: Kein Streit. Man war sich einig.

ALLEN: Tatsächlich?

AGATHON: Beim ersten Wahlgang.

ALLEN: Hmmm. Ich hatte mit etwas mehr Beistand doch gerechnet.

SIMMIAS: Der Senat ist wütend über deine Ideen zu einem utopischen Staat.

ALLEN: Ich nehme an, ich hätte nie einen Philosophen als König vorschlagen sollen.

SIMMIAS: Besonders, als du immer wieder auf dich aufmerksam machtest und dich diskret räuspertest.

ALLEN: Und dennoch sehe ich meine Henker nicht als böse an.

AGATHON: Auch ich nicht.

ALLEN: Äh, tja also ... denn was ist böse anderes als gut im Übermaß?

AGATHON: Wie das?

ALLEN: Besieh es so. Wenn ein Mensch ein hübsches Liedlein singt, so ist das schön. Wenn er immer weiter singt, beginnt einem der Kopf zu schmerzen.

AGATHON: Wahr ist's.

ALLEN: Und will er absolut nicht enden den Gesang, möcht' schließlich Socken in den Rachen man ihm stopfen.

AGATHON: Ja, sehr wahr.

ALLEN: Wann soll der Urteilsspruch vollstreckt denn werden?

AGATHON: Wie spät ist's jetzt?

ALLEN: Heute!?

AGATHON: Die Kerkerzelle wird benötigt.

ALLEN: So soll es sein! Laßt sie mir doch das Leben nehmen. Doch soll verzeichnet werden, daß ich lieber starb als aufzugeben die Prinzipien von Wahrheit und ungestörter Wahrheitssuche. Weine nicht, Agathon.

AGATHON: Ich weine nicht, das ist 'ne Allergie.

ALLEN: Denn für den Mann des Geistes ist der Tod nicht Ende, sondern ein Beginn.

SIMMIAS: Wie das?

ALLEN: Tja, laß einen Augenblick mich überlegen.

SIMMIAS: Laß dir Zeit.

ALLEN: Es ist doch wahr, o Simmias, daß der Mensch vor der Geburt nicht existiert, nicht wahr?

SIMMIAS: Sehr wahr.

ALLEN: Noch existiert er nach dem Tode.

SIMMIAS: Ja, da stimm' ich zu.

ALLEN: Hmmm.

SIMMIAS: Also?

ALLEN: Also, warte mal. Ich bin ein bißchen durcheinander. Ihr wißt ja, sie geben einem hier bloß Lamm zu essen, und nie ist es gut zubereitet.

SIMMIAS: Die meisten Menschen sehn den Tod als absolutes Ende an und fürchten ihn darum.

ALLEN: Der Tod ist ein Zustand des Nichtseins. Was nicht ist, existiert nicht. Also existiert der Tod nicht. Nur die Wahrheit existiert. Wahrheit und Schönheit. Beide sind austauschbar, doch sind sie Erscheinungen ihrer selbst. Äh – haben sie gesagt, was genau sie mit mir vorhaben?

AGATHON: Den Schierlingstrank.

ALLEN: (*verwirrt*) Den Schierlingstrank?

AGATHON: Du weißt doch, diese schwarze Flüssigkeit, die sich durch deinen Marmortisch gefressen hat.

ALLEN: Tatsächlich?

Agathon: Nur einen Becher voll. Allerdings haben sie noch einen Reservebecher, falls du was verschütten solltest.

Allen: Ich frag' mich, ob's wohl wehtut.

Agathon: Sie fragten an, ob du wohl versuchen könntest, keine Szene zu machen. Es stört die Mitgefangenen.

Allen: Hmmm ...

Agathon: Ich habe allen gesagt, du würdest lieber sterben als deinen Grundsätzen untreu werden.

Allen: Ganz recht, ganz recht ... äh, kam der Begriff »Verbannung« je zur Sprache?

Agathon: Sie hörten letztes Jahr mit dem Verbannen auf. Zu viel Verwaltungskram.

Allen: Ganz recht .. jaaa ... (*Verwirrt und beunruhigt, versucht aber, gelassen zu sein*) Ich äh ... also äh ... also – sonst noch was Neues?

Agathon: O ja, ich traf Isosoles. Er hat eine phantastische Idee zu einem neuen Dreieck.

Allen: Sehr schön ... sehr schön ... (*Gibt plötzlich die ganze mutige Verstellung auf*) Seht, ich will zu euch ganz ehrlich sein – ich will nicht fort! Bin noch zu jung!

Agathon: Aber das ist deine Chance, für die Wahrheit zu sterben!

Allen Versteht mich nicht falsch. Ich habe nichts gegen die Wahrheit. Andererseits bin ich für nächste Woche in Sparta zum Essen verabredet, und ich hätte was dagegen, es zu verpassen. Ich bin mit der Einladung dran. Ihr wißt, diese Spartaner prügeln sich so schnell.

SIMMIAS: Ist unser weisester Philosoph ein Feigling?

ALLEN: Ich bin kein Feigling und ich bin kein Held. Ich bin dazwischen irgendwo.

SIMMIAS: Ein Wurm, der kriecht.

ALLEN: Das trifft's beinahe.

AGATHON: Aber du warst es doch, der uns bewies, daß der Tod nicht existiert.

ALLEN: Na, hör mal – ich habe vielerlei bewiesen. So bezahl' ich meine Miete. Theorien und Bemerkungen am Rande. 'ne witzige Äußerung so hin und wieder. Gelegentlich Maximen. Da braucht' ich wenigstens Oliven nicht zu pflücken, doch wir wollen uns nicht hinreißen lassen.

AGATHON: Aber du hast viele Male bewiesen, daß die Seele unsterblich ist.

ALLEN: Und das ist sie! Auf dem Papier. Nicht wahr, das ist der Haken an der Philosophie – sie klappt nicht ganz so logisch, wenn man die Universität erst mal verlassen hat.

SIMMIAS: Und die ewigen »Urformen«? Du sagtest, jedes Ding habe immer schon existiert und werde immer existieren.

ALLEN: Ich sprach im wesentlichen von schweren Gegenständen. Einer Statue oder so. Mit Menschen ist es ganz was anderes.

AGATHON: Aber das ganze Gerede, der Tod sei genau dasselbe wie der Schlaf.

ALLEN: Ja, aber der Unterschied ist der, wenn man tot ist und jemand schreit: »Alles aufstehen, es ist schon Morgen«, ist es sehr schwierig, seine Pantoffeln zu finden.

(*Der Henker tritt mit einem Becher Schierling ein. Im Gesicht sieht er dem irischen Komiker Spike Milligan sehr ähnlich.*)

HENKER: Also – da wären wir. Wer kriegt das Gift?

AGATHON: (*zeigt auf mich*) Der da.

ALLEN: Oje, das ist aber ein großer Becher. Muß das denn so dampfen?

HENKER: Ja. Und trink alles aus, denn oft ist das ganze Gift unten am Boden.

ALLEN (*An dieser Stelle weicht mein Verhalten total von dem Sokrates' ab, und man sagt mir, ich schriee im Schlaf.*) Nein – ich will nicht! Ich will nicht sterben! Hilfe! Nein! Bitte!

(*Er reicht mir das brodelnde Gebräu, während ich schamlos um Hilfe winsele, und alles scheint verloren. Da nimmt der Traum aufgrund irgendeines angeborenen Überlebenstriebs eine Wendung, und ein Bote erscheint.*)

BOTE: Man halte ein! Der Senat hat seine Meinung geändert. Er läßt die Anklage fallen. Dein Ansehen ist wiederhergestellt, und es ist beschlossene Sache, dich stattdessen hoch zu ehren.

ALLEN: Endlich! Endlich! Sie sind zur Vernunft gekommen! Ich bin ein freier Mensch! Frei! Um sogar geehrt zu werden! Schnell, Agathon und Simmias, holt mir meine Hosen. Ich muß eilen. Praxiteles wird mit meiner Büste bald beginnen wollen. Doch eh ich geh, geb ich euch noch ein kleines Gleichnis.

SIMMIAS: Oje, das war wahrhaftig eine scharfe Wendung. Ich frage mich, ob sie wohl wissen, was sie tun.

ALLEN: Eine Gruppe von Menschen lebt in einer dunklen Höhle. Sie wissen nicht, daß draußen die Sonne scheint. Das einzige Licht, das sie kennen, sind die flackernden Flammen von ein paar kleinen Kerzen, die sie benutzen, wenn sie umhergehen.

AGATHON: Wo hatten sie die Kerzen her?

ALLEN: Nun, sagen wir, sie haben sie.

AGATHON: Sie leben in einer Höhle und haben Kerzen? Das klingt nicht wahr.

ALLEN: Kannst du's nicht für den Augenblick mal glauben?

AGATHON: Okay, okay, doch komm zur Sache.

ALLEN: Und eines Tages dann wandert einer von den Bewohnern aus der Höhle hinaus und erblickt die Welt draußen.

SIMMIAS: In all ihrer Klarheit.

ALLEN: Genau. In all ihrer Klarheit.

AGATHON: Als er's den anderen erzählen will, glauben sie ihm nicht.

ALLEN: Äh nein. Er erzählt's den anderen nicht.

AGATHON: Nein?

ALLEN: Nein, er macht auf dem Markt einen Fleischstand auf, heiratet eine Tänzerin und stirbt mit zweiundvierzig am Gehirnschlag.

(*Sie packen mich und trichtern mir mit Gewalt den Schierling ein. Hier wache ich normalerweise schweißgebadet auf, und nur ein paar Eier und Räucherlachs beruhigen mich wieder.*)

Das Zwischenspiel mit Kugelmass

Kugelmass, Professor der klassischen Philologie am City College, war zum zweiten Mal unglücklich verheiratet. Daphne Kugelmass war eine dumme Gans. Außerdem hatte er von seiner ersten Frau, Flo, zwei beschränkte Söhne und steckte bis zum Hals in Unterhaltszahlungen für Frau und Kinder.

»Konnte ich wissen, daß es so schlimm käme?« jammerte Kugelmass eines Tages seinem Analytiker vor. »Daphne war so vielversprechend. Wer konnte ahnen, daß sie sich so gehen ließe und schwellen würde wie ein Strandball? Obendrein hatte sie ein bißchen Kohle auf der hohen Kante, was an und für sich kein hinreichender Grund ist, einen Menschen zu heiraten, aber es tut nicht weh bei den Betriebskosten, die ich habe. Wissen Sie, worauf ich hinauswill?«

Kugelmass war kahl und vital wie ein Bär, aber er hatte Gemüt.

»Ich muß eine neue Frau kennenlernen«, fuhr er fort, »ich muß unbedingt ein Verhältnis haben. Ich sehe vielleicht nicht so aus, aber ich bin ein Mensch, der Romantik braucht. Ich brauche Sanftmut, ich brauche den Flirt. Ich werde nicht jünger, und darum will ich, ehe es zu spät ist, in Venedig nochmal die Liebe spüren, im ›21‹ Bonmots austauschen und bei Rotwein und Kerzenlicht scheue Blicke wechseln. Verstehen Sie, was ich meine?«

Dr. Mandel rutschte in seinem Sessel hin und her und sagte: »Eine Affäre würde gar nichts lösen. Sie sind so unrealistisch. Ihre Probleme liegen viel tiefer.«

»Und diese Affäre müßte auch diskret vonstatten gehen«, fuhr Kugelmass fort. »Ich kann mir keine zweite Scheidung leisten. Daphne würde wirklich hemmungslos über mich herfallen.«

»Mr. Kugelmass –«

»Aber es darf niemand am City College sein, denn Daphne arbeitet auch dort. Nicht daß irgend jemand an der Fakultät im C.C.N.Y. der große Schlaganfall wäre, aber ein paar von den Studentinnen ...«

»Mr. Kugelmass –«

»Helfen Sie mir. Ich hatte letzte Nacht einen Traum. Ich hüpfte mit einem Picknickkorb in der Hand über eine Wiese, und auf dem Korb stand ›Alternativen‹. Und dann sah ich, daß der Korb ein Loch hatte.«

»Mr. Kugelmass, das Schlimmste, was Sie tun könnten, wäre, diese Sache auszuleben. Sie müssen Ihren Gefühlen einzig und allein hier Ausdruck geben, wo wir sie dann zusammen analysieren. Sie sind lange genug in Behandlung, um zu wissen, daß es keine Heilung über Nacht gibt. Ich bin schließlich Analytiker und kein Zauberer.«

»Dann brauche ich vielleicht einen Zauberer«, sagte Kugelmass und erhob sich aus seinem Sessel. Und damit beendete er seine Therapie.

Ein paar Wochen später, als Kugelmass und Daphne eines Abends gerade wieder einmal wie zwei alte Möbelstücke trübsinnig in ihrer Wohnung rumhingen, klingelte das Telefon.

»Ich geh' ran«, sagte Kugelmass. »Hallo?«

»Kugelmass?« sagte eine Stimme. »Kugelmass, hier spricht Persky.«

»Wer?«

»Persky. Oder sollte ich sagen: Der Große Persky?«

»Wie bitte?«

»Ich höre, Sie suchen in der ganzen Stadt nach einem Zauberer, der 'n bißchen was Exotisches in Ihr Leben bringt. Ja oder nein?«

»Schschsch«, flüsterte Kugelmass. «Legen Sie nicht auf. Von wo rufen Sie an, Persky?«

Am frühen Nachmittag des folgenden Tages stieg Kugelmass drei Treppen in einem heruntergekommenen Appartementhaus in dem Bushwick genannten Teil Brooklyns hinauf. Er spähte durch die Dunkelheit des Korridors, fand die Tür, die er suchte, und drückte auf die Klingel. Das werde ich noch bereuen, dachte er bei sich.

Augenblicke später wurde er von einem kleinen, dünnen, wachsgesichtigen Mann begrüßt.

»*Sie* sind Persky der Große?« fragte Kugelmass.

»Der Große Persky. Möchten Sie Tee?«

»Nein, ich möchte Romantik. Ich möchte Musik. Ich möchte Liebe und Schönheit.«

»Aber keinen Tee, hä? Erstaunlich. Okay, setzen Sie sich.«

Persky ging ins Hinterzimmer, und Kugelmass hörte, wie Kisten und Möbel herumgeschoben wurden. Persky erschien wieder und schob einen großen Gegenstand auf quietschenden Rollen vor sich her. Er nahm ein paar alte seidene Tücher ab, die darauf lagen, und blies etwas Staub weg. Es war ein billig aussehendes, schlecht lackiertes chinesisches Schränkchen.

»Persky«, sagte Kugelmass, »was führen Sie im Schilde?«

»Passen Sie auf«, sagte Persky. »Das ist eine wunderbare Erfindung. Ich habe sie mir letztes Jahr für ein Treffen der ›Ritter des Pythias‹ ausgedacht, aber das Engagement ist geplatzt. Steigen Sie in den Schrank.«

»Wieso denn? Damit Sie ihn mit lauter Schwertern oder sonstwas durchbohren können?«

»Sehen Sie irgendwelche Schwerter?«

Kugelmass zog ein Gesicht und kletterte grunzend in das Schränkchen. Wohl oder übel nahm er Notiz von ein paar häßlichen falschen Steinen, die genau vor seiner Nase auf das rohe Sperrholz geklebt waren. »Wenn das ein Witz sein soll«, sagte er.

»Jaja, ein Witz. Also hier ist der springende Punkt. Wenn ich irgendeinen Roman zu Ihnen in den Schrank werfe, die Tür zumache und dreimal draufklopfe, finden Sie sich in das betreffende Buch versetzt.«

Kugelmass verzog ungläubig das Gesicht.

»Das ist das Ding des Jahrhunderts«, sagte Persky. »Meine Hand drauf. Und nicht bloß ein Roman. Eine Kurzgeschichte, ein Drama, ein Gedicht. Sie können alle Frauen kennenlernen, die die besten Schriftsteller der

Welt geschaffen haben. Ganz gleich, von welcher Sie geträumt haben. Sie können mit 'ner richtigen Bestsellertante alles machen, was Sie wollen. Und wenn Sie dann genug haben, stoßen Sie einen Schrei aus, und ich sehe Sie im Bruchteil einer Sekunde wieder hier.«

»Persky, sind Sie aus einer Anstalt entwichen?«

»Ich sage Ihnen, es ist 'ne absolut ehrliche Sache.«

Kugelmass war immer noch skeptisch. »Was erzählen Sie mir hier – daß diese lumpige selbstgezimmerte Kiste mich auf eine Reise schicken kann, wie Sie sie mir schildern?«

»Für zwanzig Eier.«

Kugelmass griff nach seiner Brieftasche. »Ich glaub' das erst, wenn ich's sehe«, sagte er.

Persky steckte die Geldscheine in seine Hosentasche und drehte sich zu seinem Bücherschrank um. »Also, wen wollen Sie kennenlernen? Schwester Carry? Hester Prynne? Ophelia? Vielleicht irgendeine von Saul Bellow? He, wie wär's mit Temple Drake? Aber für einen Mann Ihres Alters wäre sie vielleicht 'ne zu große Schinderei.«

»Eine Französin. Ich möchte 'ne Geschichte mit 'ner französischen Geliebten haben.«

»Nana?«

»Ich will doch nicht dafür bezahlen.«

»Wie wäre es mit Natascha aus *Krieg und Frieden*?«

»Ich sagte Französin. Ich weiß was! Wie wäre es mit Emma Bovary? Die wäre vielleicht genau die Richtige.«

»Ausgezeichnet, Kugelmass. Rufen Sie mich, wenn Sie genug haben.« Persky pfefferte eine Taschenbuchausgabe von Flauberts Roman in die Kiste.

»Sind Sie sicher, daß das ungefährlich ist?« fragte Kugelmass, als Persky die Türen des Schränkchens schließen wollte.

»Ungefährlich? Gibt's was Ungefährliches auf dieser verrückten Welt?« Persky klopfte dreimal auf den Schrank und riß die Türen auf.

Kugelmass war weg. Im gleichen Augenblick tauchte er im Schlafzimmer in Charles und Emma Bovarys Haus in Yonville auf. Vor ihm stand eine schöne Frau mit dem Rücken zu ihm und legte Wäsche. Ich kann's nicht glauben, dachte Kugelmass und starrte auf des Landarzts hinreißende Frau. Das ist ja unheimlich. Ich bin hier. Es ist sie.

Emma drehte sich überrascht um. »Goodness, you startled me – du meine Güte, Sie haben mich aber erschreckt«, sagte sie. »Who are you – Wer sind Sie denn?« Sie sprach das gleiche feine Englisch wie das der Übersetzung der Taschenbuchausgabe.

Das ist einfach überwältigend, dachte er. Als er schließlich dahinterkam, daß er es war, den sie angeredet hatte, sagte er: »Entschuldigung. Ich bin Sidney Kugelmass. Ich bin vom City College. Professor der klassischen Philologie. C.C.N.Y. Beste Gegend. Ich – o Jungejunge!«

Emma Bovary lächelte kokett und sagte: »Hätten Sie gern etwas zu trinken? Vielleicht ein Gläschen Wein?«

Sie ist schön, dachte Kugelmass. Was für ein Unterschied zu dieser Neandertalerin, mit der er sein Bett teilte! Er verspürte plötzlich den Drang, diese Vision in die Arme zu nehmen und ihr zu sagen, daß er von einer Frau wie ihr schon sein ganzes Leben lang träume.

»Ja, etwas Wein«, sagte er heiser. »Weißen. Nein, roten. Nein, weißen. Ja, bitte weißen.«

»Charles ist den ganzen Tag fort«, sagte Emma, und ihre Stimme war voll mutwilligen Hintersinns.

Nach dem Wein machten sie sich zu einem kleinen Spaziergang über das liebliche französische Land auf. »Immer habe ich davon geträumt, es erschiene irgendein geheimnisvoller Fremdling und entrisse mich der Monotonie dieses unkultivierten Landlebens«, sagte Emma, die seine Hand umklammert hielt. Sie gingen an einer kleinen Kirche vorüber. »Mir gefällt, was Sie anhaben«, murmelte sie. »Ich habe hier in der Gegend noch nie so etwas gesehen. Es ist so ... so modern.«

»Es nennt sich Freizeitanzug«, sagte er romantisch. «Er war heruntergesetzt.« Plötzlich küßte er sie. Die nächste Stunde lagerten sie unter einem Baum, flüsterten miteinander und sagten sich ungeheuer bedeutungsvolle Dinge mit den Augen. Dann setzte Kugelmass sich auf. Ihm war gerade eingefallen, daß er mit Daphne bei Bloomingdale's verabredet war. »Ich muß gehen«, sagte er zu ihr, »aber sei unbesorgt, ich komme wieder.«

»Das hoffe ich«, sagte Emma.

Er umarmte sie leidenschaftlich, dann gingen sie zum Haus zurück. Er hielt Emmas Gesicht in seinen Händen, küßte sie nochmal und schrie: »Okay, Persky! Um halb vier muß ich bei Bloomingdale's sein!«

Es machte hörbar Peng, und Kugelmass war wieder in Brooklyn.

»Na, habe ich gelogen?« fragte Persky triumphierend.

»Ach Persky, nun komm' ich schon zu spät zur Lexington Avenue zur Verabredung mit meinem Klotz am Bein, aber wann kann ich wieder auf die Reise gehen? Morgen?«

»Es soll mir ein Vergnügen sein. Bringen Sie bloß einen Zwanziger mit. Und sagen Sie kein Wort zu irgend jemandem.«

»Klar. Rupert Murdoch werde ich anrufen.«

Kugelmass schnappte sich ein Taxi und raste in die Stadt. Sein Herz tanzte Spitze. Ich bin verliebt, dachte er, ich bin Besitzer eines wundervollen Geheimnisses. Was er nicht bemerkte, war, daß genau in diesem Augenblick Schüler in allen möglichen Klassenzimmern im ganzen Land zu ihren Lehrern sagten: »Wer ist denn bloß diese Figur auf Seite 100? Ein glatzköpfiger Jude küßt Madame Bovary?« Ein Lehrer in Sioux Falls in South Dakota seufzte und dachte, lieber Gott, diese Kinder mit ihrem Pot und LSD. Was geht nur in ihren Köpfen vor!

Daphne Kugelmass war bei Bloomingdale's in der Abteilung Badezimmer-Bedarf, als Kugelmass atemlos eintraf. »Wo bist du denn gewesen?« schnappte sie giftig. »Es ist halb fünf.«

»Ich bin im Verkehr aufgehalten worden«, sagte Kugelmass.

Kugelmass suchte Persky am nächsten Tag wieder auf und war schon in wenigen Minuten wieder auf magische Weise nach Yonville entschwunden. Emma konnte, als sie ihn sah, ihre Erregung nicht verbergen. Sie verbrachten Stunden miteinander, in denen sie lachten und sich gegenseitig ihre Geschichte erzählten. Ehe Kugelmass wieder ging, schliefen sie miteinander. »Mein Gott, ich treib's mit Madame Bovary!« flüsterte Kugelmass im stillen. »Ich, der ich im ersten Semester Englisch durchgefallen bin.«

Im Laufe der Monate sah Kugelmass Persky viele Male und bekam zu Emma Bovary ein enges, leidenschaftliches Verhältnis. »Sorgen Sie dafür, daß ich immer vor Seite 120 in das Buch komme«, sagte Kugelmass eines Tages zu dem Zauberer, »ich will ihr nur begegnen, bevor sie sich mit diesem Rodolphe einläßt.«

»Warum?« fragte Persky. »Können Sie ihn denn nicht ausstechen?«

»Ausstechen? Er ist Landadliger. Diese Burschen haben nichts Besseres zu tun als zu flirten und auf Pferden herumzureiten. Für mich ist er eins von diesen Gesichtern, die man in *Women's Wear Daily* sehen kann. Mit dieser Helmut-Berger-Frisur. Aber für sie ist er 'ne heiße Nummer.«

»Und ihr Mann hat keinen Verdacht?«

»Er weiß sich keinen Rat. Er ist ein farbloser kleiner Landarzt, der sein Schicksal mit einer total verrückten Nudel teilen muß. Um zehn ist er soweit, daß er schlafengeht, und da zieht sie sich gerade erst die Tanzschühchen an. Na schön ... bis später.«

Und wieder stieg Kugelmass in das Schränkchen und begab sich im Nu zum Anwesen der Bovarys in Yonville. »Wie geht's dir, Zuckertörtchen?« sagte er zu Emma.

»Oh, Kugelmass«, seufzte Emma. »Was muß ich erdulden! Gestern abend beim Essen fiel der Herr Göttergatte mitten beim Nachtisch in Tiefschlaf. Ich schütte mir gerade das Herz aus über Maxim's und das Ballett, da höre ich aus heiterem Himmel Schnarchen.«

»Es ist okay, Liebling. Ich bin ja jetzt da«, sagte Kugelmass und umarmte sie. Ich habe das verdient, dachte er, als er Emmas französisches Parfum roch und seine Nase in ihrem Haar vergrub. Ich habe genug gelitten. Ich habe genug Analytiker bezahlt. Ich habe gesucht bis zum Umfallen. Sie ist jung und hitzig, und ich bin hier ein paar Seiten hinter Léon und gerade vor Rodolphe. Dadurch, daß ich in den richtigen Kapiteln aufgekreuzt bin, habe ich die Situation genau in der Hand.

Emma war allerdings genauso glücklich wie Kugelmass. Es hatte sie nach Aufregungen gedürstet, und seine Erzählungen vom Nachtleben auf dem Broadway, von schnellen Autos und Hollywood- und Fernsehstars faszinierten die junge französische Schönheit.

»Erzähle mir doch wieder was von O. J. Simpson«, flehte sie an diesem Abend, als sie und Kugelmass an Abbé Bournisiens Kirche vorbeispazierten.

»Was soll ich sagen? Der Mann ist phantastisch. Er stellt alle Dribbelrekorde ein. Was für Spielzüge! Keiner kommt an ihn ran.«

»Und die Oscars?« fragte Emma schmachtend. »Ich gäbe sonstwas, wenn ich einen kriegen könnte.«

»Erst mußt du mal nominiert werden.«

»Ich weiß. Du hast es mir erklärt. Aber ich bin überzeugt, ich kann schauspielern. Natürlich würde ich gern ein oder zwei Jahre Unterricht nehmen. Vielleicht bei Strasberg. Wenn ich dann den richtigen Agenten hätte –«

»Mal sehn, mal sehn. Ich spreche mal mit Persky.«

An dem Abend brachte Kugelmass, als er wohlbehalten in Perskys Wohnung zurückgekehrt war, die Idee zur Sprache, Emma könne auch ihn einmal in der großen Stadt besuchen.

»Darüber muß ich nachdenken«, sagte Persky. »Vielleicht könnte es funktionieren. Es hat schon merkwürdigere Dinge gegeben.« Natürlich fielen beiden keine ein.

»Zum Teufel, wo gehst du eigentlich die ganze Zeit hin?« kläffte Daphne Kugelmass ihren Mann an, als er diesen Abend spät nach Hause kam. »Hast du irgendwo 'ne Pussy im Nest?«

»Na klar, ich bin genau der Typ dafür«, sagte Kugelmass müde. »Ich war bei Leonard Popkin. Wir haben über die sozialistische Landwirtschaft in Polen geredet. Du kennst doch Popkin. Er ist verrückt nach diesem Thema.«

»Also, du bist seit kurzem sehr komisch«, sagte Daphne. »Abweisend. Vergiß bloß den Geburtstag meines Vaters nicht. Sonnabend?«

»Na sicher, sicher«, sagte Kugelmass und steuerte aufs Badezimmer zu.

»Meine ganze Familie wird da sein. Wir können die Zwillinge sehen. Und Vetter Hamish. Du solltest höflicher zu Vetter Hamish sein – er mag dich.«

»Na sicher, die Zwillinge«, sagte Kugelmass und schloß die Badezimmertür, womit er das Geräusch der Stimme seiner Frau aussperrte. Er lehnte sich gegen die Tür und holte tief Atem. In ein paar Stunden, sagte er zu sich, wäre er wieder in Yonville, wieder bei seiner Geliebten. Und diesmal, wenn alles gutginge, brächte er Emma mit.

Am nächsten Nachmittag um Viertel nach drei ließ Persky seinen Zauber wieder wirken. Kugelmass erschien lächelnd und voll Ungeduld vor Emma. Sie verbrachten beide ein paar Stunden in Yonville bei Binet und bestiegen dann wieder die Kutsche der Bovarys. Perskys Anweisungen befolgend hielten sie sich aneinander fest, schlossen die Augen und zählten bis zehn. Als sie sie öffneten, fuhr die Kutsche gerade vor dem Nebeneingang des Plaza-Hotels vor, wo Kugelmass etwas früher an dem Tag voller Hoffnung sich hatte eine Suite reservieren lassen.

»Ich find's wundervoll! Alles ist, wie ich es mir erträumt habe«, sagte Emma, während sie fröhlich im Schlafzimmer herumwirbelte und durch das Fenster einen Blick auf die Stadt warf. »Da ist F. A. O. Schwarz. Und da ist der Central Park, und das Sherry ist welches? Ach dort – ach ja. Es ist ja so himmlisch.«

Auf dem Bett lagen Schachteln von Halston und Saint Laurent. Emma wickelte ein Paket auf und hielt ein Paar schwarze Samthosen gegen ihren makellosen Körper.

»Der Hosenanzug ist von Ralph Lauren«, sagte Kugelmass. »Du wirst darin wie 'ne Million Dollars aussehen. Komm her, Süße, gib uns 'n Kuß.«

»Ich war noch nie so glücklich!« quiekte Emma, als sie vor dem Spiegel stand. »Laß uns doch in die Stadt gehen. Ich möchte *Chorus Line* und das Guggenheim und diesen Jack Nicholson spielen sehen, von dem du immerfort erzählst. Gibt's irgendwelche von seinen Filmen?«

»Ich komm' da nicht nach«, sagte ein Professor in Stanford. »Erst eine unbekannte Gestalt namens Kugelmass, und jetzt ist *sie* plötzlich aus dem Buch verschwunden. Tja, ich nehme an, das ist das Kennzeichen eines Klassikers, daß man ihn tausendmal wiederlesen kann und immer was Neues findet.«

Die Liebenden verbrachten ein seliges Wochenende. Kugelmass hatte Daphne gesagt, er sei zu einer Tagung in Boston und komme am Montag wieder. Jeden Augenblick auskostend gingen er und Emma ins Kino, fuhren zum Essen nach Chinatown, verbrachten zwei Stunden in einer Diskothek und gingen mit einem Fernsehfilm ins Bett. Sie schliefen am Sonntag bis Mittag, besuchten SoHo und staunten im »Elaine's« Prominente an. Sonntagabend ließen sie sich in ihrer Suite Kaviar und Champagner servieren und unterhielten sich bis zur Morgendämmerung. Im Taxi, das sie am Morgen zu Perskys Wohnung fuhr, dachte Kugelmass, es war hektisch, aber die Sache wert. Ich kann sie nicht allzu oft herholen, aber dann und wann wird es eine reizende Abwechslung zu Yonville sein.

Bei Persky kletterte Emma in das Schränkchen, verteilte ihre neuen Kleiderschachteln ordentlich um sich herum und küßte Kugelmass liebevoll. »Bis bald bei mir«, sagte sie mit einem Augenzwinkern. Persky klopfte dreimal auf das Schränkchen. Nichts passierte.

»Hmmm«, sagte Persky und kratzte sich den Kopf. Er klopfte nochmal, aber immer noch kein Zauber. »Da muß was nicht stimmen«, murmelte er.

»Sie machen Witze, Persky«, schrie Kugelmass, »wie kann das denn nicht funktionieren?«

»Ruhig Blut, ruhig Blut. Sind Sie noch in der Kiste, Emma?«

»Ja.«

Persky klopfte wieder – diesmal lauter.

»Ich bin immer noch da, Persky.«

»Ich weiß, meine Liebe. Rühren Sie sich nicht.«

»Persky, wir *müssen* sie wegkriegen«, flüsterte Kugelmass. »Ich bin ein verheirateter Mann und habe in drei Stunden eine Vorlesung. Ich bin im Augenblick auf alles andere als eine unkalkulierbare Liebschaft eingestellt.«

»Ich begreif' das nicht«, sagte Persky, »das ist doch so ein verläßlicher kleiner Trick.«

Aber er konnte nichts machen. »Es wird ein kleines bißchen dauern«, sagte er zu Kugelmass. »Ich muß es auseinandernehmen. Ich rufe Sie später wieder an.«

Kugelmass packte Emma in ein Taxi und fuhr mit ihr zurück ins Plaza. Er kam gerade noch rechtzeitig zu seiner Vorlesung. Den ganzen Tag hing er am Telefon, mal mit Persky, mal mit seiner Geliebten. Der Zauberer sagte ihm, es könne vielleicht mehrere Tage dauern, bis er dem Übel auf den Grund käme.

»Wie war die Tagung?« fragte ihn Daphne an dem Abend.

»Schön, schön«, sagte er und zündete sich seine Zigarette am Filterende an.

»Was ist denn los? Du bist ja gereizt wie eine Katze.«

»Ich? Ha, das ist ja zum Lachen. Ich bin sanft wie eine Sommernacht. Ich geh' bloß mal eben ein bißchen spazieren.« Er flitzte zur Tür raus, schnappte sich ein Taxi und eilte zum Plaza.

»Das ist ja schrecklich«, sagte Emma. »Charles wird mich vermissen.«

»Sei mir nicht böse, Liebling«, sagte Kugelmass. Er war bleich und schwitzte. Er küßte sie nochmal, rannte zu den Fahrstühlen, schrie mit Persky durch einen Münzfernsprecher im Plaza-Foyer und schaffte es gerade noch vor Mitternacht nach Hause.

»Popkins Meinung nach sind die Gerstenpreise in Krakau seit 1971 schon nicht mehr so stabil gewesen«, sagte er zu Daphne und lächelte gezwungen, als er ins Bett stieg.

So verging die ganze Woche.

Freitagabend sagte Kugelmass zu Daphne, es gebe schon wieder eine Tagung, an der er unbedingt teilnehmen müsse, diesmal in Syracuse. Er eilte zum Plaza zurück, aber das zweite Wochenende dort war absolut nicht wie das erste. »Schaff mich in den Roman zurück oder heirate mich«, sagte Emma zu Kugelmass. »Inzwischen will ich was arbeiten oder Unterricht nehmen, denn den ganzen Tag vor der Glotze zu sitzen, ist ja die Hölle.«

»Sehr schön. Wir können das Geld gut gebrauchen«, sagte Kugelmass, »du verfrißt ja zweimal soviel wie du wiegst beim Zimmerservice.«

»Ich habe gestern im Central Park einen Off-Broadway-Regisseur getroffen, und der sagte, ich könnte für ein Projekt, an dem er arbeitet, genau die Richtige sein«, sagte Emma.

»Wer ist denn dieser Witzbold?« fragte Kugelmass.

»Das ist kein Witzbold. Er ist sensibel, freundlich und klug. Sein Name ist Jeff Sowieso, und er ist für die ›Tony‹ vorgeschlagen.«

Später am selben Nachmittag kreuzte Kugelmass betrunken bei Persky auf.

»Ruhig Blut«, sagte Persky zu ihm. »Sie kriegen noch 'n Herzinfarkt.«

»Ruhig Blut! Der Mensch sagt, ruhig Blut! Ich habe heimlich 'ne Romanfigur in einem Hotelzimmer sitzen und den Verdacht, meine Frau läßt mich von einem Privatschnüffler bespitzeln.«

»Okay, okay, wir wissen ja, daß es ein Problem gibt.« Persky krabbelte unter das Schränkchen und fing an, mit einem riesigen Schraubenschlüssel an irgendwas herumzuhämmern.

»Ich bin wie ein wildes Tier«, fuhr Kugelmass fort. »Ich schleiche in der Stadt herum, und Emma und ich haben uns gegenseitig satt bis hier. Ganz abgesehen von einer Hotelrechnung, die sich wie der Verteidigungshaushalt liest.«

»Was soll ich denn tun? Das ist die Welt der Zauberei«, sagte Persky, »da hängt alles von Kleinigkeiten ab.«

»Kleinigkeiten, verflucht nochmal. Ich schütte Dom Perignon und schwarze Eierchen in diese kleine Maus, obendrein ihre Garderobe, noch dazu ist sie dem Neighborhood Playhouse beigetreten und braucht mit einemmal professionelle Fotos. Außerdem, Persky, hat Professor Fivish Kopkind, der Komp Lit lehrt und schon immer eifersüchtig auf mich gewesen ist, mich als die Gestalt identifiziert, die hin und wieder in Flauberts Buch auftaucht. Er hat gedroht, zu Daphne zu gehen. Ich sehe den Ruin und Alimente vor mir, das Gefängnis. Wegen Ehebruchs mit Madame Bovary bringt meine Frau mich an den Bettelstab.«

»Was soll ich dazu sagen, Ihrer Meinung nach? Ich arbeite Tag und Nacht an der Geschichte. Was Ihre persönlichen Ängste angeht, da kann ich Ihnen nicht helfen. Ich bin Zauberer und kein Analytiker.«

Sonntagnachmittag schließlich war Emma soweit, daß sie sich ins Badezimmer eingeschlossen hatte und sich weigerte, auf Kugelmassens flehentliche Bitten zu antworten. Kugelmass starrte aus dem Fenster auf die Wollman-Eisbahn und dachte an Selbstmord. Zu blöde, daß das hier so ein niedriges Stockwerk ist, dachte er, sonst würde ich's auf der Stelle tun. Wenn ich mich vielleicht nach Europa absetzte und dort ein neues Leben anfinge ... Vielleicht könnte ich den *International Herald Tribune* verkaufen, wie's die jungen Mädchen immer gemacht haben.

Das Telefon klingelte. Kugelmass hob den Hörer mechanisch ans Ohr.

»Bringen Sie sie her«, sagte Persky, »ich glaube, ich habe die Laus im Mechanismus gefunden.«

Kugelmassens Herz machte einen Satz. »Ernsthaft?« sagte er. »Haben Sie's wieder hingekriegt?«

»Es war was in der Übersetzung. Nun machen Sie schon.«

»Persky, Sie sind ein Genie. Wir sind in einer Minute da. In weniger als einer Minute.«

Wieder eilten die Liebenden zur Wohnung des Zauberers, und wieder stieg Emma mit ihren Schachteln in das Schränkchen. Diesmal gab es keinen Kuß. Persky schloß die Türen, holte tief Atem und klopfte dreimal auf die Kiste. Es gab den beruhigenden Knall, und als Persky vorsichtig hineinlugte, war der Kasten leer. Madame Bovary war wieder in ihrem Roman. Kugelmass stieß einen tiefen Seufzer der Erleichterung aus und schüttelte dem Zauberer die Hand.

»Es ist vorbei«, sagte er. »Ich habe meinen Denkzettel weg. Nie wieder werde ich meine Frau betrügen, das schwöre ich.« Wieder schüttelte er Persky die Hand und notierte sich in Gedanken, ihm eine Krawatte zu schikken.

Drei Wochen später, am Ende eines wunderschönen Frühlingsnachmittags, klingelte es bei Persky, und er öffnete die Tür. Es war Kugelmass, der einfältig dreinschaute.

»Okay, Kugelmass«, sagte der Zauberer, »wohin diesmal?«

»Es ist ja bloß dies eine Mal«, sagte Kugelmass. »Das Wetter ist so herrlich, und ich werde ja auch nicht jünger. Hören Sie, Haben Sie *Portnoy's Complaint* gelesen? Erinnern Sie sich an das ›Äffchen‹?«

»Der Preis beträgt jetzt fünfundzwanzig Dollar, weil die Lebenskosten gestiegen sind, aber wegen all der Unannehmlichkeiten, die ich Ihnen gemacht habe, schicke ich Sie diesmal gratis auf die Reise.«

»Sie sind 'n netter Kerl«, sagte Kugelmass und kämmte

sich die wenigen ihm gebliebenen Haare, als er wieder in das Schränkchen stieg. »Wird's auch richtig funktionieren?«

»Ich hoffe. Ich habe seit dem ganzen Kummer nicht viel damit rumexperimentiert.«

»Sex und Romantik«, sagte Kugelmass aus dem Inneren des Kastens. »Was nehmen wir nicht alles für ein hübsches Gesicht in Kauf?«

Persky warf ein Exemplar von *Portnoy's Complaint* in den Kasten und klopfte dreimal darauf. Statt eines Peng gab es diesmal eine dumpfe Explosion, der eine Reihe von knisternden und prasselnden Geräuschen und ein Funkenregen folgten. Persky sprang zurück, bekam eine Herzattacke und fiel tot um. Das Schränkchen fing an zu brennen, und schließlich brannte das ganze Haus ab.

Kugelmass, der von dieser Katastrophe nichts ahnte, hatte seine eigenen Probleme. Er war nämlich nicht in *Portnoy's Complaint* gelandet oder überhaupt in einem Roman. Er befand sich in einem alten Lehrbuch, *Spanisch für alle Fälle*, und rannte in einem öden, felsigen Gelände um sein Leben, während das Wort *tener* (»besitzen«) – ein großes, haariges unregelmäßiges Verb – auf seinen spindeldürren Beinen ihm nachsetzte.

Meine Ansprache an die Schulabgänger

Deutlicher als je in der Geschichte steht die Menschheit an einem Kreuzweg. Der eine Weg führt in Verzweiflung und äußerste Hoffnungslosigkeit, der andere in die totale Vernichtung. Beten wir um die Weisheit, die richtige Wahl zu treffen. Ich spreche übrigens ohne jedes Gefühl der Sinnlosigkeit, vielmehr in der panischen Überzeugung von der absoluten Bedeutungslosigkeit des Daseins, was leicht als Pessimismus mißverstanden werden könnte. Es ist keiner. Es ist bloß die heilsame Sorge um die kritische Situation des modernen Menschen. (Der moderne Mensch wird hier als jede Person definiert, die nach Nietzsches Ausspruch »Gott ist tot«, aber vor dem Schallplattenhit »I Wanna Hold Your Hand« geboren wurde.) Diese »kritische Situation« kann als eine von zwei Möglichkeiten bezeichnet werden, allerdings reduzieren sie gewisse Linguistikprofessoren lieber zu einer mathematischen Gleichung, da kann sie leicht gelöst und sogar in der Brieftasche herumgetragen werden.

Auf seine einfachste Form gebracht, lautet das Problem so: Wie ist es möglich, in einer begrenzten Welt einen Sinn zu finden, wenn ich nur von meiner Taillenweite und Hemdengröße ausgehe? Das ist eine sehr schwierige Frage, wenn wir uns vor Augen führen, daß uns die Wissenschaft enttäuscht hat. Sicher, sie hat viele Krankheiten besiegt, den genetischen Kode entschlüsselt und sogar Menschen auf den Mond gebracht, und dennoch: wenn ein Achtzigjähriger mit zwei achtzehnjährigen Cocktail-Serviererinnen in einem Zimmer alleingelassen wird, passiert gar nichts. Denn die wirklichen Probleme ändern sich nie. Kann man schließlich die menschliche Seele durch ein Mikroskop sehen? Mag sein – aber man brauchte ganz ohne Frage ein sehr gutes mit zwei Okularen. Wir wissen, daß der modernste Computer der Welt kein so hochentwickeltes Gehirn hat wie eine Ameise. Klar, das könnten wir auch von vielen unserer Verwandten sagen, aber mit denen müssen wir ja bloß bei Hochzeiten oder besonderen Gelegenheiten auskommen. Die Wissenschaft ist etwas, wovon wir ständig abhängig sind. Wenn ich Schmerzen in der Brust bekomme, muß ich mich röntgen lassen. Aber wenn die Strahlung der Röntgenaufnahme mir größere Scherereien einträgt? Ehe ich's mich versehe, liege ich schon beim Chirurgen auf dem Tisch. Während sie mir Sauerstoff verabreichen, muß sich natürlich ein Assistenzarzt eine Zigarette anstecken. Als nächstes wird mir klar, daß ich im Bettzeug über das Welthandelszentrum fetze. Ist das Wissenschaft? Sicher, die Wissenschaft hat uns gelehrt, wie man Käse pasteurisiert. Und das kann natürlich in gemischter Gesellschaft großen Spaß machen – aber wie steht's mit der H-Bombe? Haben Sie mal gesehen, was passiert, wenn so ein Ding zufällig von einem Schreibtisch fällt? Und wo ist die Wissenschaft, wenn man über die ewigen Rätsel nachdenkt? Wie ist der Kosmos entstanden? Wie lange treibt er sich schon rum? Begann die Materie mit einer Explosion oder durch Gottes Wort? Und wenn durch dieses, hätte Er da nicht einfach zwei Wochen eher anfangen können, um ein bißchen Nutzen aus dem wärmeren Wetter zu ziehen? Was meinen wir eigentlich, wenn wir sagen, der Mensch ist sterblich? Ein Kompliment ist das offensichtlich nicht.

Zum Unglück hat uns ja auch die Religion im Stich gelassen. Miguel de Unamuno schreibt wohlgemut von der »ewigen Dauer des Bewußtseins«, aber das ist kein kleines Kunststück. Besonders, wenn man Thackeray liest. Oft denke ich, wie erfreulich das Leben doch für den ersten Menschen gewesen sein muß, denn er glaubte an einen mächtigen, gütigen Schöpfer, der sich um alles kümmerte. Man stelle sich seine Enttäuschung vor, als er sah, daß seine Frau Fett ansetzte. Der Mensch von heute hat natürlich keinen solchen Seelenfrieden. Er befindet sich mitten in einer Glaubenskrise. Er ist, wie wir das modisch nennen, »entfremdet«. Er hat die verheerenden Auswirkungen des Krieges gesehen, er hat Naturkatastrophen erlebt, er ist in Singlebars gewesen. Mein guter Freund Jacques Monod sprach oft von der Zufälligkeit des Kosmos. Er glaubte, alles im Leben ereigne sich durch puren Zufall, abgesehen möglicherweise von seinem Frühstück, von dem er das sichere Gefühl hatte, seine Wirtin mache es. Natürlich schenkt der Glaube an eine göttliche Intelligenz Gelassenheit. Aber das befreit uns nicht von unseren menschlichen Verpflichtungen. Bin ich meines Bruders Hüter? Ja. In meinem Fall teile ich diese Ehre interessanterweise mit dem Zoo im Prospect Park. Im Gefühl, ohne Gott zu sein, haben wir die Technik zum Gott gemacht. Aber kann die Technik denn wirklich die Lösung sein, wenn ein nagelneuer Buick, den mein Teilhaber Nat Zipsky steuert, im Fenster vom »Brathähnchentraum« landet und Hunderte von Kunden veranlaßt, sich in alle Winde zu zerstreuen? Mein Toaster hat in vier Jahren noch kein einziges Mal richtig funktioniert. Ich richte mich nach der Gebrauchsanweisung und schiebe zwei Scheiben Brot in die Schlitze, und Sekunden später kommen sie wieder rausgeschossen. Einmal haben sie einer Frau, die ich von ganzem Herzen liebte, das Nasenbein gebrochen. Wollen wir uns auf Schrauben und Muttern und auf die Elektrizität verlassen, um unsere Probleme zu lösen? Ja, das Telefon ist eine gute Sache – und der Kühlschrank – und das Klimagerät. Aber nicht jedes Klimagerät. Das von meiner Schwester Henny zum Beispiel nicht. Ihres macht einen Riesenlärm und kühlt trotzdem nicht. Wenn der Mann rüberkommt und es repariert, wird's noch schlimmer. Entweder das oder er sagt ihr, sie brauche ein neues. Wenn sie sich beschwert, sagt er, sie solle ihn in Ruhe lassen. Dieser Mann ist wirklich entfremdet. Und er ist nicht nur entfremdet, er kann auch nicht aufhören zu lächeln.

Der Kummer ist, unsere politischen Führer haben uns nicht ausreichend auf eine mechanisierte Gesellschaft vorbereitet. Unglücklicherweise sind unsere Politiker entweder unfähig oder korrupt. Manchmal beides am selben Tag. Die Regierung stellt sich nicht auf die Bedürfnisse des kleinen Mannes ein. Unter fünfsieben ist es unmöglich, seinen Abgeordneten ans Telefon zu kriegen. Ich will damit nicht bestreiten, daß die Demokratie immer noch die beste Regierungsform ist. In einer Demokratie werden wenigstens die Bürgerrechte geachtet. Kein Bürger kann willkürlich gefoltert, eingesperrt oder gezwungen werden, sich bestimmte Broadwayshows von Anfang bis Ende anzusehen. Und das ist noch immer weit von dem entfernt, was sich in der Sowjetunion abspielt. In ihrer Form des Totalitarismus wird jemand, der bloß beim Pfeifen geschnappt wird, zu dreißig Jahren Arbeitslager verurteilt. Wenn er nach fünfzehn Jahren immer noch nicht aufgehört hat zu pfeifen, wird er erschossen. Neben diesem brutalen Faschismus finden wir seinen Spießgesellen, den Terrorismus. Zu keiner Zeit in der Geschichte hat der Mensch solche Angst gehabt, sein Kalbskotelett anzuschneiden, aus Furcht, es könne in die Luft gehen. Gewalt zeugt neue Gewalt, und man hat vorausgesagt, daß 1990 die Kindesentführung die verbreitetste Art gesellschaftlichen Umgangs sein wird. Die Überbevölkerung wird die Probleme bis zum äußersten verschärfen. Die Zahlen sagen uns, daß es schon heute mehr Menschen auf der Erde gibt, als wir gebrauchen können, um selbst das schwerste Klavier zu heben. Wenn wir der Bevölkerungsexplosion nicht Einhalt gebieten, wird es im Jahr 2000 keinen Platz geben, wo einem ein Essen serviert werden kann, es sei denn, man ist bereit, den Tisch unbeteiligten Leuten auf den Kopf zu stellen. Sie müßten sich dann eine Stunde lang nicht rühren, während wir essen. Natürlich wird die Energie knapp sein, und jedem Autobesitzer wird nur soviel Benzin zugestanden, daß er ein paar Zentimeter zurücksetzen kann.

Statt diesen Herausforderungen ins Gesicht zu sehen, geben wir uns Ablenkungen wie Drogen und Sex hin. Wir leben in einer viel zu freizügigen Gesellschaft. Nie zuvor war die Pornografie so zügellos. Und diese Filme sind so miserabel beleuchtet! Wir sind ein Volk, dem es an klaren Zielen fehlt. Wir haben nie zu lieben gelernt. Uns fehlen politische Führer und klare Programme. Wir haben keinen geistigen Mittelpunkt. Wir treiben allein im Universum herum und fügen einander aus Enttäuschung und Schmerz ungeheure Gewalt zu. Zum Glück aber haben wir nicht unser Gefühl für das rechte Maß verloren. Alles in allem wird deutlich, daß die Zukunft große Chancen bereithält. Sie enthält auch Fallstricke. Der Trick dabei wird sein, den Fallstricken aus dem Weg zu gehen, die Chancen zu ergreifen und bis sechs Uhr wieder zu Hause zu sein.

Die Diät

Eines Tages brach F. ohne erkennbaren Grund seine Diät ab. Er war mit seinem Vorgesetzten, Schnabel, zum Mittagessen in ein Café gegangen, um bestimmte Angelegenheiten zu besprechen. Was für »Angelegenheiten« genau, darüber hatte Schnabel sich nur verschwommen geäußert. Schnabel hatte F. am Abend zuvor angerufen und vorgeschlagen, sie sollten sich zum Mittagessen treffen. »Es gibt verschiedene Fragen«, sagte er durch das Telefon zu ihm, »Probleme, die einer Klärung bedürfen ... Es kann natürlich alles warten. Vielleicht ein andermal.« Aber F. war von so nagender Angst ergriffen über die steife Art und den Ton von Schnabels Einladung, daß er darauf drang, sie sollten sich sogleich treffen.

»Essen wir doch heute abend Mittag«, sagte er.

»Es ist fast Mitternacht«, erwiderte Schnabel.

»Das geht schon in Ordnung«, sagte F., »wir werden natürlich in ein Restaurant einbrechen müssen.«

»Unsinn. Es kann warten«, gab Schnabel bissig zurück und legte auf.

F. atmete schwer. Was habe ich getan, dachte er. Ich habe mich vor Schnabel zum Narren gemacht. Bis Montag ist es in der ganzen Firma herum. Und es ist schon das zweite Mal in diesem Monat, daß man mich lächerlich macht.

Drei Wochen zuvor war F. im Fotokopierraum dabei überrascht worden, wie er sich wie ein Specht aufführte. Ständig machte sich jemand im Büro hinter seinem Rükken über ihn lustig. Manchmal, wenn er sich schnell umdrehte, ertappte er nur Zentimeter von sich entfernt dreißig oder vierzig Kollegen mit herausgestreckter Zunge. Zur Arbeit zu gehen, war ein Alptraum. Zum Beispiel stand sein Schreibtisch ganz hinten, weit vom Fenster entfernt, und was an frischer Luft überhaupt in das düstere Büro gelangte, das wurde erst von den anderen eingeatmet, ehe F. es inhalieren konnte. Jeden Tag, wenn er den Gang entlangtrottete, starrten ihn feindselige Gesichter hinter Hauptbüchern hervor an und taxierten ihn kritisch. Einmal hatte Traub, ein unbedeutender Buchhalter, höflich genickt, und als F. zurücknickte, warf Traub einen Apfel nach ihm. Zuvor hatte Traub die Beförderung, die F. versprochen worden war, und einen neuen Stuhl für seinen Schreibtisch erhalten. F.s Stuhl dagegen war vor vielen Jahren gestohlen worden, und es hatte aufgrund endloser Paragraphenreitereien den Anschein, daß er nie einen anderen für sich beanspruchen könne. Seither stand er jeden Tag an seinem Schreibtisch und bückte sich zum Tippen hinunter, während er wahrnahm, wie die anderen Witze über ihn machten. Als die Geschichte sich damals ereignete, hatte F. um einen neuen Stuhl gebeten.

»Tut mir leid«, sagte Schnabel zu ihm, »aber in der Sache müßten Sie sich an den Herrn Minister wenden.«

»Ja, ja, gewiß«, stimmte F. zu, aber als es soweit war, den Herrn Minister zu sprechen, wurde der Termin verschoben. »Er kann Sie heute nicht empfangen«, sagte ein Mitarbeiter. »Es sind gewisse vage Vermutungen aufgekommen, und er empfängt heute niemanden.« Wochen vergingen, und F. versuchte immer wieder, den Minister zu sprechen, doch ohne Erfolg.

»Alles, was ich möchte, ist ein Stuhl«, sagte er zu seinem Vater. »Es ist ja nicht so, daß es mir etwas ausmachte, mich zur Arbeit zu bücken, aber wenn ich mich ausruhe und meine Füße auf den Schreibtisch lege, kippe ich jedesmal nach hinten.«

»Quatsch«, sagte sein Vater ohne Mitgefühl. »Wenn sie mehr von dir hielten, säßest du inzwischen.«

»Du verstehst das nicht!« schrie F. »Ich habe versucht, den Herrn Minister zu sprechen, aber er ist ständig beschäftigt. Und trotzdem, wenn ich einen Blick in sein Fenster werfe, sehe ich ihn immer Charleston üben.«

»Der Herr Minister wird dich niemals empfangen«, sagte sein Vater und goß sich einen Sherry ein. »Für klägliche Versager hat er keine Zeit. Die Wahrheit ist, Richter hat, wie ich höre, zwei Stühle. Einen, auf dem er bei der Arbeit sitzt, und einen, dem er schöntut und was vorsummt.«

Richter! dachte F. Dieser alberne Langweiler, der jahrelang eine heimliche Liebesbeziehung zur Frau des Bürgermeisters unterhielt, bis sie dahinterkam! Richter hatte früher bei der Bank gearbeitet, doch da traten gewisse Fehlbeträge auf. Zunächst wurde er beschuldigt, Geld unterschlagen zu haben. Dann fand man heraus, daß er das Geld aß. »Es ist schwer verdaulich, nicht wahr?« fragte er unschuldig die Polizei. Er wurde aus der Bank hinausgeworfen und kam zu F.s Firma, wo man der Ansicht war, sein fließendes Französisch mache ihn zum idealen Mitarbeiter, die Pariser Geschäfte zu leiten. Nach fünf Jahren wurde offenkundig, daß er kein Wort Französisch konnte, sondern nur unsinnige Silben mit erfundenem Akzent näselte, während er die Lippen spitzte. Obwohl Richter auf einen niedrigeren Posten versetzt wurde, gelang es ihm, sich wieder in die Gunst des Chefs emporzuarbeiten. Diesmal überzeugte er seinen Arbeitgeber davon, daß die Gesellschaft ihre Gewinne verdoppeln könne, wenn sie einfach die Eingangstüren aufschlösse und die Kunden hereinließe.

»Das ist ein Mann, dieser Richter«, sagte F.s Vater. »Darum wird er in der Geschäftswelt auch stets vorankommen, und du wirst dich immer kümmerlich herumwinden wie ein widerliches, dürrbeiniges Insekt, das nur dazu da ist, zerquetscht zu werden.«

F. gratulierte seinem Vater dazu, daß er alles von so hoher Warte sehe, später am Abend jedoch fühlte er sich auf unerklärliche Weise deprimiert. Er beschloß, Diät zu halten und sich ein respektableres Äußeres zu geben. Nicht daß er fett gewesen wäre, aber versteckte Anspielungen in der ganzen Stadt erweckten bei ihm unwiderleglich den Eindruck, in gewissen Kreisen werde er vielleicht als »aussichtslos behäbig« angesehen. Mein Vater hat recht, dachte F. Ich wirke wie ein ekelhafter Käfer. Kein Wunder, daß Schnabel mich mit Flit besprühte, als ich um eine Gehaltserhöhung bat! Ich bin ein jämmerliches, nichtswürdiges Insekt, dem allgemeiner Abscheu gebührt. Ich verdiene es, totgetrampelt, von wilden Tieren in Stücke gerissen zu werden. Ich sollte unter dem Bett im Staube leben oder mir in abgrundtiefer Scham die Augen ausreißen. Morgen muß ich endgültig mit meiner Diät beginnen.

In dieser Nacht erschienen F. hoffnungsfreudige Bilder im Traum. Er sah sich schlank und imstande, in schicke neue Slacks hineinzupassen – solche, in denen nur Leute mit einem gewissen Ruf ungeschoren bleiben. Er träumte, er spiele graziös Tennis und tanze an eleganten Orten mit Mannequins. Der Traum endete damit, daß F. nackt zur Musik von Bizets »Auf in den Kampf« langsam durch den Saal der Börse schritt und sagte: »Nicht schlecht, nicht wahr?«

Er erwachte am nächsten Morgen im Zustand höchster Glückseligkeit und setzte seine Diät mehrere Wochen lang fort, in denen er sein Gewicht um sechzehn Pfund verringerte. Er fühlte sich nicht nur besser, auch sein Glück schien sich zu wandeln.

»Der Herr Minister möchte Sie sprechen«, wurde ihm eines Tages gesagt. F. war hingerissen, als er vor den großen Mann gebracht wurde, der ihn prüfend betrachtete.

»Ich höre, Sie setzen auf Proteine«, sagte der Minister.

»Mageres Fleisch und, natürlich, Salate«, erwiderte F. »Das heißt, gelegentlich ein Brötchen – aber keine Butter und selbstverständlich keine anderen Kohlehydrate.«

»Imponierend«, sagte der Minister.

»Ich bin nicht nur attraktiver geworden, ich habe auch

die Gefahr von Herzinfarkt und Diabetes außerordentlich verringert«, sagte F.

»Weiß ich alles«, sagte der Minister ungeduldig.

»Vielleicht könnte ich jetzt gewisse Angelegenheiten erfüllt bekommen«, sagte F., »das heißt, falls ich mein gegenwärtiges Trimmgewicht halte.«

»Mal sehen, mal sehen«, sagte der Minister. »Und Ihren Kaffee?« fuhr er mißtrauisch fort. »Trinken Sie ihn mit Kaffeesahne?«

»Oh nein«, sagte F. zu ihm, »nur mit Magermilch. Ich versichere Ihnen, Herr Minister, alle meine Mahlzeiten sind jetzt absolut freudlos.«

»Schön, schön. Wir sprechen uns bald wieder.«

An dem Abend löste F. seine Verlobung mit Frau Schneider. Er schrieb ihr ein paar Zeilen, in denen er ihr auseinandersetzte, daß durch den starken Abfall seines Triglyzeridspiegels an alle Pläne, die sie einmal gemacht hätten, jetzt nicht zu denken sei. Er bat sie um Verständnis und fügte hinzu, sollte sein Cholesterinspiegel jemals über einhundertneunzig ansteigen, dann rufe er sie an.

Dann kam das Mittagessen mit Schnabel – für F. ein bescheidenes Mahl, das aus Hüttenkäse und einem Pfirsich bestand. Als F. Schnabel fragte, weshalb er ihn habe kommen lassen, wich der Ältere aus. »Nur um verschiedene Zweifelsfragen zu erörtern«, sagte er.

»*Was* für Zweifelsfragen?« fragte F. Ihm fielen keine ungelösten Probleme ein, es sei denn, er erinnerte sich nicht daran.

»Ach, ich weiß nicht. Mir umnebelt sich jetzt alles, und auch den Anlaß unseres Essens habe ich völlig vergessen.«

»Ja, aber ich fühle, daß Sie mir etwas verbergen«, sagte F.

»Unsinn. Essen Sie einen Nachtisch«, antwortete Schnabel.

»Nein danke, Herr Schnabel. Ich will damit sagen, ich halte Diät.«

»Wie lange ist es denn schon her, daß Sie keinen Pudding mehr genossen haben? Oder ein Eclair?«

»Ach, mehrere Monate«, sagte F.

»Vermissen Sie sie nicht?« fragte Schnabel.

»Doch, ja. Natürlich, ich beschließe meine Mahlzeit gern damit, daß ich reichlich Süßspeisen zu mir nehme. Doch der Zwang der Enthaltsamkeit ... Sie verstehen.«

»Tatsächlich?« fragte Schnabel, der sich sein mit Schokolade überzogenes Gebäck schmecken ließ, so daß F. das Behagen des Mannes spüren konnte. »Schade, daß Sie so streng sind. Das Leben ist kurz. Möchten Sie nicht gern bloß ein Häppchen probieren?« Schnabel lächelte boshaft. Er reichte F. einen Bissen auf seiner Gabel.

F. fühlte, wie er wankend wurde. »Passen Sie auf«, sagte er, »ich kann ja wohl jederzeit morgen wieder zu meiner Diät zurückkehren.«

»Gewiß doch, gewiß doch«, sagte Schnabel. »Das finde ich völlig richtig.«

Obwohl F. sich hätte widersetzen können, gab er dennoch nach. »Ober«, sagte er zitternd, »auch ein Eclair für mich.«

»Bravo, bravo«, sagte Schnabel. »So ist es recht. Da merkt man doch den ganzen Kerl. Wenn Sie auch in der Vergangenheit nachgiebiger gewesen wären, dann wären mittlerweile gewisse Angelegenheiten abgeschlossen, die schon lange gelöst sein sollten – wenn Sie wissen, was ich meine.«

Der Kellner brachte das Eclair und stellte es vor F. hin. F. meinte, er sehe den Mann Schnabel zuzwinkern, war sich dessen aber nicht sicher. F. begann, das klebrige Dessert zu essen, und erschauerte bei jedem süßen Bissen.

»Gut, was?« fragte Schnabel durchtrieben schmunzelnd. »Es ist natürlich voller Kalorien.«

»Ja«, murmelte F. bebend und wild um sich blickend. «Das geht alles direkt auf meine Hüften.«

»Sie setzen an den Hüften an, was?« fragte Schnabel.

F. atmete schwer. Plötzlich durchströmte Reue alle Fasern seines Körpers. Gott im Himmel! Was habe ich getan! Ich habe die Diät gebrochen! Ich habe ein Stück Kuchen gegessen und kenne die Folgen doch nur zu gut! Morgen werde ich meine Anzüge weiter machen müssen!

»Stimmt etwas nicht, mein Herr?« fragte der Kellner, und er und Schnabel lächelten gemeinsam.

»Ja, was ist denn?« fragte Schnabel. »Sie sehen aus, als hätten Sie ein Verbrechen begangen.«

»Bitte, ich kann jetzt nicht darüber reden! Ich brauche Luft! Können Sie bitte zahlen, ich zahle das nächste Mal.«

»Gewiß doch«, sagte Schnabel. »Wir sehen uns im Büro wieder. Ich höre, der Herr Minister möchte Sie wegen gewisser Beschuldigungen sprechen.«

»Was? Was denn für Beschuldigungen?« fragte F.

»Ach, ich weiß nicht genau. Es hat ein paar Gerüchte gegeben. Nichts Bestimmtes. Auf einige Fragen hätte die Behörde gern eine Antwort. Es kann natürlich warten, wenn Sie noch hungrig sind, Klößchen.«

F. stürzte vom Tisch davon und lief durch die Straßen nach Hause. Er warf sich vor seinem Vater auf den Boden und weinte. »Vater, ich habe meine Diät gebrochen!« schrie er. »In einem Augenblick der Schwäche habe ich Nachtisch bestellt. Bitte, vergib mir! Gnade erflehe ich von dir!«

Sein Vater hörte ruhig zu und sagte: »Ich verurteile dich zum Tode.«

»Ich wußte, du würdest es verstehen«, sagte F., und dann umarmten die beiden Männer einander und erneuerten ihre Absicht, mehr von ihrer Freizeit mit Arbeit bei anderen zu verbringen.

Die Geschichte vom Verrückten

Wahnsinn ist ein relativer Zustand. Wer kann schon sagen, wer von uns wirklich verrückt ist? Und während ich in mottenzerfressenen Plünnen und mit einer Chirurgenmaske vorm Gesicht durch den Central Park schlendere, revolutionäre Parolen schreie und hysterisch lache, frage ich mich noch jetzt, ob das, was ich tat, wirklich so unbegreiflich war. Denn, lieber Leser, ich war nicht immer das, was man im Volksmund einen »New Yorker Straßenirren« nennt, der an Mülltonnen stehenbleibt, um seine Plastiktüten mit Bindfadenstückchen und Flaschenverschlüssen zu füllen. Nein, ich war einmal ein sehr erfolgreicher Arzt, wohnte in der Upper East Side, gondelte mit einem braunen Mercedes durch die Stadt und kleidete mich elegant in mehrererlei verschiedene Tweedanzüge von Ralph Lauren. Kaum zu glauben, daß man mich, Dr. Ossip Parkis, ein einstmals so vertrautes Gesicht bei Theaterpremieren, bei Sardi's, im Lincoln Center und in den Hamptons, wo ich mit imponierendem Witz und einer fabelhaften Rückhand brillierte, kaum zu glauben, daß man mich jetzt manchmal unrasiert, mit Rucksack und Windrädchen am Hut den Broadway hinunter Rollschuh laufen sieht.

Das Dilemma, das diesen verhängnisvollen Sturz aus dem Zustand der Gnade herbeiführte, war schlicht und einfach das folgende. Ich lebte mit einer Frau zusammen, an der ich mit großer Liebe hing, die persönlich und geistig einnehmend und reizend, sehr gebildet und humorvoll war und mit der seine Zeit zu verbringen großes Vergnügen machte. Aber (und dafür fluche ich dem Schicksal) sie riß mich sexuell einfach nicht vom Hocker. Und so schlich ich gleichzeitig in der Nacht quer durch die ganze Stadt zu Rendezvous mit einem Fotomodell namens Tiffany Schmiederer, deren das Blut gerinnen lassende Geistesgaben in absolut umgekehrtem Verhältnis zu der erotischen Ausstrahlung standen, die jeder ihrer Poren entströmte. Zweifellos hast du, lieber Leser, schon mal den Ausdruck »ein Körper streckt die Waffen« gehört. Also, Tiffanys Körper wollte nicht nur nicht die Waffen strecken, er nahm sich nicht mal fünf Minuten Zeit für eine Kaffeepause. Eine Haut wie Satin, oder sollte ich lieber sagen, wie der allerfeinste Lachs von Zabar's? Eine Löwenmähne aus kastanienbraunem Haar, lange, schlanke Beine und eine so kurvenreiche Figur, daß mit der Hand über jede x-beliebige Stelle ihres Körpers zu streichen wie der Ritt auf einem Zyklon war. Das soll nicht heißen, daß die, mit der ich zusammenlebte, die funkensprühende und doch unergründliche Olive Chomsky, physiognomisch eine welke Schrippe gewesen wäre. Ganz und gar nicht. Sie war im Gegenteil eine hübsche Frau mit all den Rechten und Freiheiten, die einer bezaubernden und geistreichen Kunstbegeisterten zukamen, und, grob gesagt, eine ausgebuffte Mieze im Bett. Vielleicht lag es daran, daß Olive, wenn das Licht aus einem ganz bestimmten Winkel auf sie fiel, unbegreiflicherweise meiner Tante Rifka ähnlich sah. Nicht daß Olive wirklich wie die Schwester meiner Mutter *ausgesehen* hätte. (Rifka hatte das Aussehen einer Gestalt der jiddischen Volkssage namens Golem.) Es war einfach so, daß irgendeine vage Ähnlichkeit um die Augen herum bestand, und dann auch nur, wenn die Schatten entsprechend fielen. Vielleicht also war es dieses Inzesttabu, oder vielleicht lag's einfach daran, daß ein Gesicht und ein Körperchen wie von Tiffany Schmiederer nur alle paar Jahrmillionen mal vorkommen und gewöhnlich eine Eiszeit oder den Weltuntergang durch Feuer ankündigen. Der springende Punkt ist einfach, meine Bedürfnisse pochten auf die Vorzüge von zwei Frauen.

Olive war es, der ich zuerst begegnete. Und das nach einer endlosen Reihe von Beziehungen, bei denen meine Partnerinnen ausnahmslos irgendwas zu wünschen übrig ließen. Meine erste Frau war hochintelligent, hatte aber keinen Sinn für Humor. Sie war überzeugt, von den Marx Brothers sei Zeppo der amüsanteste. Die zweite war schön, aber es fehlte ihr an wirklicher Leidenschaft. Ich weiß noch, als wir einmal miteinander schliefen, hatte ich eine merkwürdige optische Täuschung, bei der es mir für einen Sekundenbruchteil beinahe so schien, als bewegte sie sich. Sharon Pflug, mit der ich drei Monate zusammenlebte, war zu streitsüchtig. Whitney Weisglass war zu kompromißbereit. Pippa Mondale, eine muntere Geschiedene, beging den fatalen Fehler, Kerzen, die wie Laurel und Hardy geformt waren, schön zu finden.

Wohlmeinende Freunde deckten mich mit einer erbarmungslosen Flut von Verabredungen ein, alle unfehlbar aus den Büchern H. P. Lovecrafts. Inserate in der *New York Review of Books*, auf die ich aus Verzweiflung antwortete, erwiesen sich ebenfalls als sinnlos, denn die »Dichterin um die Dreißig« war um die Sechzig, die »Studentin mit Spaß an Bach und Beowulf« sah wie das Ungeheuer Grendel aus, und die »Bi-Frau aus der Bay Area« sagte mir, ich entspräche weder dem einen noch dem anderen ihrer Gelüste. Das soll nicht heißen, daß nicht doch hin und wieder irgendwie eine unverkennbare Rosine dabei zum Vorschein kam: eine schöne Frau, sensibel und gescheit, mit eindrucksvollen Empfehlungsschreiben und ansprechenden Manieren. Aber irgendeinem uralten Gesetz gehorchend, vielleicht aus dem Alten Testament oder dem ägyptischen *Totenbuch*, war *sie* es dann, die *mich* nicht wollte. Und so kam es, daß ich der unglücklichste Mensch auf Erden war. Nach außen anscheinend mit allen Gütern gesegnet, die ein angenehmes Leben ausmachen, darunter aber verzweifelt auf der Suche nach der erfüllenden Liebe.

Nächte voller Einsamkeit ließen mich über die Ästhetik der Vollkommenheit nachgrübeln. Ist alles in der Natur wirklich »vollkommen«, wenn man mal von der Blödheit meines Onkels Hyman absieht? Wer bin ich denn, daß ich Vollkommenheit verlange? Ich mit meiner Unmenge von Fehlern. Ich stellte eine Liste meiner Fehler auf, kam aber nicht über »1) Vergißt manchmal seinen

Hut« hinaus.

Hatte irgend jemand, den ich kannte, eine »bedeutende Beziehung«? Meine Eltern blieben vierzig Jahre beieinander, das aber aus reiner Bosheit. Grünglas, ein anderer Arzt am Krankenhaus, heiratete eine Frau, die aussah wie ein Schafskäse, »weil sie nett ist«. Iris Merman machte mit allen Männern rum, die im Dreistaateneck gemeldet waren. Niemandes Beziehung konnte wirklich glücklich genannt werden. Unverzüglich bekam ich schwere Alpträume.

Ich träumte, ich besuchte eine Singlebar, wo eine Rotte vagierender Sekretärinnen über mich herfiel. Sie fuchtelten mit Messern rum und zwangen mich, was Nettes über den Bezirk Queens zu sagen. Mein Analytiker riet mir zum Kompromiß. Mein Rabbi sagte: »Heirate, heirate! Wie wär's mit einer Frau wie Mrs. Blitzstein? Sie ist vielleicht keine große Schönheit, aber keine kann Essen und leichte Feuerwaffen besser aus einem Ghetto raus- und auch reinschmuggeln.« Eine Schauspielerin, die mir versicherte, ihr wahrer Ehrgeiz sei es, in einem Kaffeehaus als Kellnerin zu arbeiten, schien Anlaß zu Hoffnungen zu geben, aber während eines kurzen Essens war ihre einzige Antwort auf alles, was ich sagte: »Is das staaak!« Eines Abends dann ging ich, weil ich mich nach einem besonders anstrengenden Tag im Krankenhaus entspannen wollte, allein in ein Strawinsky-Konzert. In der Pause begegnete ich Olive Chomsky, und mein Leben änderte sich.

Olive Chomsky, gebildet und ironisch, die Eliot zitierte und Tennis sowie Bachs »Zweistimmige Inventionen« auf dem Klavier spielte. Und die nie »Oh wow« sagte oder irgendwas trug, worauf Pucci oder Gucci stand, oder sich Country-and-Western-Musik oder Interviewsendungen anhörte. Und die übrigens stets bei erster bester Gelegenheit dazu bereit war, das Unaussprechliche zu tun, und sogar damit den Anfang zu machen. Was für fröhliche Monate verbrachte ich nicht mit ihr, bis meine Sexenergie (ich glaube, sie ist in das *Guinness Buch der Weltrekorde* eingegangen) nachließ. Konzerte, Kinobesuche, Essen, Wochenenden, endlose wundervolle Diskussionen über alles von Pogo bis zur Rigweda. Und nie eine Banalität von ihren Lippen. Nur Erkenntnisse. Und Witz! Und natürlich die angemessene Feindseligkeit gegen alle lohnenden Zielscheiben: Politiker, Fernsehen, Gesichtsstraffungen, die Architektur des neuen Wohnungsbaus, Männer in Hausanzügen, Filmkurse und Leute, die Sätze mit »Im Grunde« beginnen.

Oh, verflucht der Tag, an dem ein mutwilliger Lichtstrahl diese unbeschreiblichen Gesichtszüge hervorkitzelte, die mir Tante Rifkas stumpfe Visage in Erinnerung riefen. Und verflucht auch der Tag, an dem auf einer Loftparty in SoHo ein erotischer Urtyp mit dem unwahrscheinlichen Namen Tiffany Schmiederer sich den karierten Wollkniestrumpf wieder hochzog und mit einer Stimme, die wie die einer Maus im Zeichentrickfilm klang, zu mir sagte: »Was bist 'nn du für 'n Sternbild?« Während sich Haare und Hauer in meinem Gesicht in der Art des klassischen Wolfsmenschen hörbar aufrichteten, fühlte ich mich genötigt, sie mit einer kurzen Ausführung über Astrologie zu unterhalten, ein Thema, das innerhalb meiner intellektuellen Interessen mit so schwerwiegenden Problemen wie Elektroschocktherapie, Alphawellen und der Fähigkeit von Trollen, Gold zu finden, konkurrierte.

Stunden später fand ich mich im Zustand wachsartiger Nachgiebigkeit wieder, als das letzte Stück der winzigen Dessous geräuschlos um ihre Knöchel zu Boden glitt und ich unfaßbarerweise in die holländische Nationalhymne ausbrach. Wir trieben's dann miteinander nach Art der »Fliegenden Wallendas«. Und so ging das los.

Ausreden gegenüber Olive. Heimliche Treffen mit Tiffany. Entschuldigungen gegenüber der Frau, die ich liebte, während ich meine Wollust woanders verausgabte. Tatsächlich verausgabte an ein nichtssagendes kleines Flittchen, dessen Berührung und Gewackele mir die Schädeldecke hochhob wie eine Frisbeescheibe und wie eine Fliegende Untertasse im Raum herumschweben ließ. Ich gab meine Verantwortung gegenüber der Frau meiner Träume für eine körperliche Leidenschaft auf, ganz ähnlich, wie Emil Jannings sie im *Blauen Engel* erfahren hatte. Einmal stellte ich mich krank und bat Olive, mit ihrer Mutter zu einem Brahms-Konzert zu gehen, nur damit ich die blödsinnigen Marotten meiner lüsternen Göttin befriedigen konnte, die darauf bestand, ich solle rüberkommen und mir im Fernsehen »Das ist dein Leben« ansehen, »denn sie bringen Johnny Cash!« Doch als ich meine Pflicht erfüllt und die Show überstanden hatte, belohnte sie mich damit, daß sie meine Widerstandsregler runterzog und meine Libido zum Planeten Neptun schoß. Ein andermal sagte ich ganz beiläufig zu Olive, ich ginge mal eben eine Zeitung kaufen. Dann spurtete ich die sieben Querstraßen zu Tiffany hoch, nahm den Fahrstuhl in ihre Etage, aber wie es das Pech wollte, blieb dieser infernalische Fahrstuhl stecken. Ich trottete wie ein eingesperrter Puma zwischen den Stockwerken herum, außerstande, meine glühenden Lüste zu stillen, ebenso außerstande aber auch, zu einer glaubhaften Zeit wieder zu Hause zu sein. Als ich endlich von zwei Feuerwehrmännern befreit wurde, saugte ich mir für Olive eine Geschichte aus den Fingern, in der ich selber, zwei Raubmörder und das Ungeheuer von Loch Ness vorkamen.

Zum Glück war das Schicksal auf meiner Seite, und sie schlief, als ich nach Hause kam. Der ihr angeborene Anstand ließ es Olive undenkbar erscheinen, daß ich sie mit einer anderen Frau betrügen könnte, und wie sich einerseits die Häufigkeit unserer körperlichen Beziehungen verringert hatte, so ging ich andererseits mit meiner Leistungskraft haushälterisch um, damit ich sie wenigstens teilweise befriedigen konnte. Beständig von Schuldgefühlen gequält, schob ich fadenscheinige Ausreden von Erschöpfung durch zu viel Arbeit vor, die sie mir mit dem Argwohn eines Engels abkaufte. Doch die ganze Plackerei forderte wahrlich ihren Tribut von mir, während die Monate vergingen. Denn ich glich langsam mehr und mehr der Gestalt aus Edward Munchs »Der Schrei«.

Habe Mitleid mit meiner Zwangslage, lieber Leser! Mit dieser Situation zum Verrücktwerden, mit der sich vielleicht recht viele meiner Zeitgenossen herumquälen müssen. Niemals alle Ansprüche, die man stellt, in einem einzigen Mitglied des anderen Geschlechts erfüllt zu finden! Auf der einen Seite der gähnende Abgrund des Kompromisses. Auf der anderen die nervenzerfetzende, verwerfliche Lüge aus Liebe. Hatten die Franzosen recht? Bestand der Trick, eine Frau und eine Geliebte zu haben, darin, daß man die Verantwortung für verschiedene Bedürfnisse zwischen zwei Parteien aufteilte? Mir war klar, wenn ich Olive dieses Arrangement offen vorschlüge, dann stünden bei all ihrem Verständnis die Chancen nicht schlecht, daß ich mich auf ihren britischen Regenschirm gespießt wiederfände. Ich wurde lustlos und schwermütig und dachte an Selbstmord. Ich hielt mir eine Pistole an den Kopf, verlor aber im letzten Moment die Nerven und schoß in die Luft. Die Kugel ging durch die Decke, worauf Mrs. Fitelson in der Wohnung über uns geradewegs auf ihr Bücherbord hopste, wo sie die ganzen Großen Ferien über hocken blieb.

Eines Abends dann löste sich die ganze Geschichte. Plötzlich und mit einer Klarheit, die man normalerweise dem LSD zuschreibt, ging mir auf, was ich zu tun hatte. Ich war mit Olive ins Elgin zur Wiederaufführung eines Films mit Bela Lugosi gegangen. In der entscheidenden Szene tauschte Lugosi als wahnsinniger Wissenschaftler das Hirn irgendeines unglücklichen Opfers gegen das eines Gorillas aus, während beide auf Operationstische geschnallt waren und draußen ein Gewitter niederging. Wenn ein Drehbuchautor in der Welt der Phantasie sich so etwas ausdenken konnte, dann war im wirklichen Leben ein Chirurg mit meinen Fähigkeiten mit Sicherheit in der Lage, es ebenso zu tun.

Tja, lieber Leser, ich will dich nicht mit den Einzelheiten langweilen, die äußerst technisch und für ein Laiengemüt nicht leicht verständlich sind. Es genügt zu sagen, daß man in einer dunklen, stürmischen Nacht hätte eine schemenhafte Gestalt dabei beobachten können, wie sie zwei narkotisierte Frauen (eine davon mit einer Figur, die Männer ihre Wagen auf die Bürgersteige kutschen ließ) in einen unbenutzten Operationssaal des Flower Fifth Avenue schmuggelte. Während die Blitzespfeile zickzackig durch den Himmel knatterten, führte dort der Unbekannte eine Operation aus, die zuvor nur in der Welt der Zelluloidillusionen gemeistert worden war, und da auch nur von einem ungarischen Schauspieler, der eines Tages Draculas Knutschfleck zur Kunstform erheben sollte.

Das Resultat? Tiffany Schmiederer, deren Geist nun in dem weniger sensationellen Körper Olive Chomskys wohnte, fand sich zu ihrer Freude vom Fluch erlöst, ein Sexobjekt zu sein. Wie Darwin es uns gelehrt hat, brachte sie es bald zu großer Intelligenz, die zwar vielleicht nicht gerade der von Hannah Arendt entsprach, ihr aber erlaubte, den Schwachsinn der Astrologie zu durchschauen und glücklich zu heiraten. Olive Chomsky, plötzlich Besitzerin einer geradezu kosmischen Oberflächenbeschaffenheit, die ihren anderen phantastischen Gaben entsprach, wurde meine Frau, so wie ich Gegenstand des Neids aller um mich herum.

Der einzige Haken an der Geschichte war, daß ich nach mehreren Monaten seliger Wonnen mit Olive, die denen der *Arabischen Nächte* in nichts nachstanden, völlig unbegreiflicherweise mit dieser Traumfrau nichts mehr anzufangen wußte und statt dessen ein Faible für Billie Jean Zapruder, eine Stewardeß, entwickelte, deren knabenhafte, flache Figur und näselnder Alabama-Akzent mein Herz Purzelbäume schlagen ließen. Das war der Augenblick, wo ich meine Stellung im Krankenhaus aufgab, mir meinen Hut mit den Windrädchen aufsetzte, den Rucksack schulterte und damit begann, den Broadway hinunter Rollschuh zu laufen.

Erinnerungen – Orte und Menschen

Brooklyn: Baumbestandene Straßen. Die Brücke. Kirchen und Friedhöfe überall. Und Süßwarenläden. Ein kleiner Junge hilft einem bärtigen alten Mann über die Straße und sagt: »Einen schönen Sabbath!« Der alte Mann lächelt und klopft seine Pfeife auf dem Kopf des Jungens aus. Das Kind läuft weinend nach Hause ... Stickige Hitze und Feuchtigkeit senken sich auf den Stadtteil herab. Die Bewohner stellen nach dem Essen Klappstühle auf die Straße, wo sie sitzen und sich unterhalten. Plötzlich fängt es an zu schneien. Verwirrung setzt ein. Ein Straßenhändler zieht die Straße entlang und verkauft heiße Brezeln. Hunde fallen über ihn her und jagen ihn auf einen Baum. Zu seinem Pech sind auf dem Baum noch mehr Hunde.

»Benny! Benny!« Eine Mutter ruft ihren Sohn. Benny ist sechzehn, hat aber schon ein Strafregister. Wenn er sechsundzwanzig ist, wird er zum elektrischen Stuhl geführt. Mit sechsunddreißig wird er gehenkt. Mit fünfzig besitzt er seine eigene chemische Reinigung. Nun trägt seine Mutter das Frühstück auf, und weil die Familie zu arm ist, um sich frische Brötchen zu leisten, streicht er die Marmelade auf die Zeitung.

Ebbets Field: Fans säumen die Bedford Avenue in der Hoffnung, *home-run*-Bälle zu ergattern, die über die Mauer an der rechten Spielfeldseite geschlagen werden. Nach acht Spielrunden ohne Punkte erhebt sich ein Schrei aus der Menge. Ein Ball kommt über die Mauer gesegelt, und eifrige Fans drängeln sich danach. Aber aus irgendeinem Grund ist es ein Fußball – niemand weiß, warum. Im Verlauf der Saison wird der Manager der Brooklyn Dodgers seinen *shortstop* für einen *left-fielder* nach Pittsburgh verhökern, und dann wird er im Tausch für den Manager der Braves und seine zwei jüngsten Kinder sich selber nach Boston verhökern.

Sheepshead Bay: Ein Mann mit gegerbtem Gesicht lacht herzhaft und zieht seine Krebsreusen aus dem Wasser. Ein Riesenkrebs nimmt die Nase des Mannes zwischen seine Zangen. Der Mann lacht nicht mehr. Seine Freunde ziehen an ihm von der einen Seite, und die Freunde des Krebses ziehen von der anderen. Es hilft nichts. Die Sonne versinkt. Sie ziehen weiter.

New Orleans: Eine Jazzband steht im Regen vor einem Friedhof und spielt traurige Choräle, während ein Leichnam in die Erde gesenkt wird. Nun stimmen sie einen lebhaften Marsch an, und der Trauerzug macht sich auf den Weg zurück in die Stadt. Auf halbem Wege bemerkt jemand, daß sie den Falschen beerdigt haben. Was schlimmer ist, sie waren nicht mal eng miteinander befreundet. Der, den sie beerdigt haben, war nicht tot oder auch nur krank, im Gegenteil, er jodelte in dem Augenblick. Sie eilen zum Friedhof zurück und exhumieren den armen Kerl, der droht, Anzeige zu erstatten, obwohl sie ihm versprechen, seinen Anzug reinigen zu lassen und die Kosten zu übernehmen. Mittlerweile weiß niemand, wer nun wirklich tot ist. Die Band spielt weiter, während nacheinander jeder Zuschauer einmal beerdigt wird, nach der Theorie, daß der Verstorbene am anstandslosesten nachgibt. Bald stellt sich heraus, daß überhaupt niemand gestorben ist, und nun ist es wegen des Ferienbetriebs zu spät, noch an eine Leiche zu kommen.

Es ist Mardi Gras. Überall Kreolisches zu essen. Kostümierte Menschenmengen verstopfen die Straßen. Ein als Garnele verkleideter Mann wird in einen Topf mit dampfendem Fischsud geworfen. Er protestiert, aber es glaubt ihm keiner, daß er kein Krustentier ist. Schließlich zieht er seinen Führerschein hervor und wird freigelassen.

Der Beauregard Square wimmelt von Schaulustigen. Einst praktizierte Marie Laveau hier ihren Wuduzauber. Jetzt verkauft ein alter haitianischer »Medizinmann« Puppen und Amulette. Ein Polizist sagt ihm, er solle weitergehen, und ein Streit beginnt. Als er vorüber ist, ist der Polizist zehn Zentimeter groß. Außer sich versucht er immer noch, die Verhaftung vorzunehmen, aber seine Stimme ist so hoch, daß keiner ihn versteht. Wenig später kommt eine Katze über die Straße, und der Polizist muß um sein Leben rennen.

Paris: Nasse Trottoirs. Und Lichter – überall sind Lichter! In einem Straßencafé stoße ich auf einen Mann.

Es ist Henri Malraux. Komischerweise denkt er, ich wäre Henri Malraux. Ich erkläre ihm, er sei Malraux und ich bloß ein Student. Darüber ist er erleichtert, denn er liebt Madame Malraux, und es gefiele ihm gar nicht, wenn sie meine Frau wäre. Wir sprechen über ernste Dinge, und er erzählt mir, dem Menschen stehe es frei, sich sein Schicksal zu wählen, und er könne das Dasein nicht wirklich begreifen, wenn ihm nicht klar sei, daß der Tod ein Teil des Lebens ist. Dann erbietet er sich, mir eine Hasenpfote zu verkaufen. Jahre später begegnen wir uns bei einem Essen, und wieder beharrt er darauf, ich sei Malraux. Diesmal bin ich damit einverstanden und muß seinen Obstsalat essen.

Herbst. Paris wird wieder einmal durch einen Streik lahmgelegt. Diesmal sind es die Akrobaten. Keiner schlägt mehr Purzelbäume, und die Stadt gerät ins Stokken. Bald weitet der Streik sich auch auf die Jongleure aus, dann auf die Bauchredner. Die Pariser sehen das als wichtige Dienstleistung an, und die Studenten werden rabiat. Zwei Algerier werden beim Handstand erwischt und bekommen die Köpfe rasiert.

Ein zehnjähriges Mädchen mit langen braunen Locken und grünen Augen versteckt Plastiksprengstoff in der Mousse au chocolat des Innenministers. Beim ersten Happen fliegt er durch das Dach vom »Fouquet's« und landet unverletzt in Les Halles. Nun gibt's Les Halles nicht mehr.

Durch Mexiko im Auto: Die Armut ist erschütternd. Sombrerotrauben lassen unwillkürlich an die Fresken von Orozco denken. Es sind über hundert Grad im Schatten. Ein armer Indio verkauft mir eine Enchilada mit gebratenem Schweinefleisch. Sie schmeckt köstlich, und ich spüle sie mit etwas Eiswasser hinunter. Ich fühle eine leichte Übelkeit im Magen und fange plötzlich an, Holländisch zu sprechen. Mit einemmal läßt mich ein sanfter Bauchschmerz mich zusammenkrümmen, als werde ein Buch zugeschlagen. Sechs Monate später wache ich in einem mexikanischen Krankenhaus auf, bin völlig kahl und halte krampfhaft einen Yale-Wimpel umklammert. Es war ein fürchterliches Erlebnis, und man sagt mir, als ich, nahe an der Schwelle des Todes, im Fieber phantasierte, hätte ich mir aus Hongkong zwei Anzüge bestellt.

Ich erhole mich in einer Abteilung voller prächtiger Leute vom Lande, von denen mehrere später gute Freunde von mir werden. Da ist Alonso, dessen Mutter wollte, daß er Matador wird. Er wird von einem Stier auf die Hörner genommen, später nimmt ihn auch seine Mutter auf die Hörner. Und Juan, ein einfacher Schweinezüchter, der nicht seinen Namen schreiben konnte, es aber irgendwie fertigkriegte, ITT um sechs Millionen Dollar zu betrügen. Und der alte Hernández, der jahrelang neben Zapata geritten war, bis der große Revolutionär ihn wegen fortwährenden Kickens nach ihm verhaften ließ.

Regen. Sechs Tage hintereinander Regen. Dann Nebel. Ich sitze mit Willie Maugham in einem Londoner *pub*. Ich bin bedrückt, weil mein erster Roman, *Ein stolzes Brechmittel*, von der Kritik kühl aufgenommen worden ist. Die einzige wohlwollende Rezension, in der *Times*, wurde durch den letzten Satz entwertet, in dem das Buch »ein Konglomerat eselhafter Klischees ohne Beispiel in der abendländischen Literatur« genannt wurde.

Maugham setzt mir auseinander, daß dieses Zitat auf viele Arten interpretiert werden könne, allerdings wäre es wohl das beste, es nicht für die Buchreklame zu verwenden. Wir schlendern jetzt die Old Brompton Road hinauf, und der Regen setzt wieder ein. Ich biete Maugham meinen Regenschirm an, und er nimmt ihn, obwohl er bereits einen Regenschirm hat. Maugham trägt nun zwei geöffnete Regenschirme, und ich gehe neben ihm her.

»Man darf die Kritik nicht zu ernst nehmen«, sagt er zu mir. »Meine erste Kurzgeschichte wurde von einem pingeligen Kritiker grausam lächerlich gemacht. Ich grübelte und machte sarkastische Bemerkungen über den Mann. Dann las ich eines Tages die Geschichte wieder und bemerkte, daß er recht gehabt hatte. Sie *war* seicht und schlecht gebaut. Niemals vergaß ich diesen Vorfall, und Jahre später, als die deutsche Luftwaffe London bombardierte, leuchtete ich das Haus des Kritikers an.«

Maugham unterbricht sich, um einen dritten Regenschirm zu kaufen und aufzuspannen. »Um Schriftsteller zu sein«, fährt er fort, »muß man Risiken auf sich nehmen und keine Angst haben, lächerlich zu erscheinen. Ich schrieb *Die Rasiermesserklinge* und trug dabei einen Papierhut. Beim ersten Entwurf von *Regen* war Sadie Thompson ein Papagei. Wir tasten herum. Wir nehmen Gefahren auf uns. Alles, was ich hatte, als ich *Über die humane Sklaverei* zu schreiben begann, war das Bindewort ›und‹. Ich wußte, eine Geschichte mit einem ›und‹ darin könnte entzückend sein. Nach und nach nahm alles übrige Gestalt an.«

Eine Windbö hebt Maugham hoch und schleudert ihn in ein Gebäude. Er kichert vergnügt in sich hinein. Dann erteilt Maugham den wichtigsten Rat, den jemand einem jungen Autor geben kann: »Setzen Sie ans Ende eines Fragesatzes ein Fragezeichen. Sie werden überrascht sein, wie wirkungsvoll das ist.«

In bösen Zeiten leben wir

Ja. Ich gestehe. Ich war es, Willard Pogrebin, einst sanftmütig und Anlaß zu großen Hoffnungen, der einen Schuß auf den Präsidenten der Vereinigten Staaten abgegeben hat. Zum Glück für alle Beteiligten stieß jemand in der Zuschauermenge gegen die Luger in meiner Hand, so daß die Kugel von einem McDonald's-Schild abprallte und in einer Bratwurst in Himmelsteins »Würstchendorado« steckenblieb. Nach einem kleinen Handgemenge, in dem ein paar Geheimagenten meine Luftröhre zu einem Palstek verknoteten, wurde ich überwältigt und zur Beobachtung abtransportiert.

Wie konnte das passieren, daß ich so wurde, fragen Sie? Ich, ein Mensch ohne bestimmte politische Überzeugungen, dessen Ehrgeiz als Kind es war, Mendelssohn auf dem Cello zu spielen oder vielleicht dereinst in den großen Kapitalen der Welt Spitze zu tanzen. Tja, es fing alles vor zwei Jahren an. Ich war gerade aus gesundheitlichen Gründen aus der Armee entlassen worden, und zwar auf gewisse medizinische Experimente hin, die ohne meine Kenntnis an mir vorgenommen worden waren. Genauer gesagt, eine Gruppe von uns hatte in einem Forschungsprogramm Brathühnchen, die mit Lysergsäure gemästet waren, zu essen bekommen, um festzustellen, wieviel LSD ein Mensch vertragen kann, ehe er versucht, über das Welthandelszentrum hinwegzuflattern. Die Entwicklung von Geheimwaffen ist für das Pentagon von großer Bedeutung, und die Woche zuvor war ich von einem Pfeil getroffen worden, dessen präparierte Spitze bewirkte, daß ich haargenau so aussah und sprach wie Salvador Dali. Hinzukommende Nebenwirkungen schränkten mein Wahrnehmungsvermögen ein, und als ich keinen Unterschied mehr feststellen konnte zwischen meinem Bruder Morris und zwei weichgekochten Eiern, wurde ich ausgemustert.

Eine Elektroschocktherapie im Veteranenkrankenhaus schlug an, obwohl die Drähte mit denen eines verhaltenspsychologischen Versuchs durcheinandergebracht wurden und ich zusammen mit mehreren Schimpansen den *Kirschgarten* in makellosem Englisch aufführte. Ich entsinne mich, daß ich nach meiner Entlassung pleite und allein in Richtung Westen trampte und von zwei aus Kalifornien stammenden Leuten mitgenommen wurde: einem charismatischen jungen Mann mit einem Bart wie Rasputin und einer charismatischen jungen Frau mit einem Bart wie Svengali. Ich sei genau, was sie suchten, erklärten sie mir, denn sie übertrügen gerade die Kabbala auf Pergament, und da sei ihnen das Blut ausgegangen. Ich versuchte, ihnen klarzumachen, daß ich eben auf dem Weg nach Hollywood und auf der Suche nach einer ernsthaften Tätigkeit sei, aber das Zusammenwirken ihres hypnotischen Blicks und eines Messers von der Größe eines Ruders überzeugten mich von ihren friedlichen Absichten. Ich entsinne mich, daß sie mich zu einem verlassenen Bauernhof fuhren, wo mehrere junge Frauen im Trancezustand mich mit organisch-biologischer Gesundheitskost vollstopften und dann versuchten, mir mit einem Lötkolben das Pentagramm auf die Stirn zu brennen. Dann nahm ich an einer Schwarzen Messe teil, bei der vermummte jugendliche Akolythen die Worte »Oh wow« auf Lateinisch intonierten. Ich weiß auch noch, daß ich gezwungen wurde, Meskalin und Kokain einzunehmen, und eine weiße Substanz zu essen bekam, die aus gekochtem Kaktus hergestellt wurde, worauf sich mein Kopf um sich selber im Kreis herum drehte wie eine Radarantenne. Weitere Einzelheiten sind mir entfallen, allerdings war mein Verstand wohl ziemlich mitgenommen, als ich zwei Monate später in Beverly Hills beim Versuch verhaftet wurde, eine Auster zu ehelichen.

Nach meiner Entlassung aus dem Polizeigewahrsam verlangte es mich nach ein wenig innerem Frieden, denn ich wollte versuchen, mir zu erhalten, was von meiner angegriffenen Gesundheit noch übrig war. Mehr als einmal war ich auf der Straße von eifrigen Sektenpredigern aufgefordert worden, mein Glaubensheil bei Reverend Chao Bok Ding zu suchen, einem mondgesichtigen Erwählten, der die Lehren Laotses mit der Weisheit Robert Vescos verband. Ein schönsinniger Mann, der allem weltlichen Besitz entsagt hatte, der den von Charles Foster Kane überstieg, verkündete Reverend Ding seine zwei bescheidenen Ziele. Das eine war, allen seinen Anhängern die Bedeutung des Gebets, des Fastens und der Brüderlichkeit einzutrichtern, das andere, ihr Anführer in einem Glaubenskrieg gegen die NATO-Staaten zu sein. Nachdem ich an mehreren Predigten teilgenommen hatte, kam ich dahinter, daß Reverend Ding Wert auf roboterhafte Unterwerfung legte und auf jedes Nachlassen religiöser Inbrunst mit hochgezogenen Augenbrauen reagierte. Als ich äußerte, ich hätte den Eindruck, die Anhänger des Reverend würden von einem verbrecherischen Marktschreier systematisch in geistlose Trottel verwandelt, wurde das als Kritik aufgefaßt. Augenblicke später wurde ich an meiner Unterlippe im Geschwindmarsch in einen Erbauungstempel geführt, wo unerschütterliche Jünger des Reverend, die Sumo-Ringkämpfern glichen, mir nahelegten, ich solle meine Einstellung ein paar Wochen lang ohne so bedeutungslose Zerstreuungen wie Wasser oder Brot überdenken. Um des weiteren das allgemeine Gefühl der Enttäuschung über meine Haltung zu verdeutlichen, wurde mir eine mit Vierteldollars gefüllte Faust mit pneumatischer Regelmäßigkeit aufs Zahnfleisch gedonnert. Ironischerweise war das einzige, was mich davor bewahrte, verrückt zu werden, die ständige Wiederholung meines persönlichen Mantras, das »Hussassa« lautete. Schließlich gab ich dem Terror nach und fing an zu halluzinieren. Ich erinnere mich, daß ich Frankenstein mit einem Hamburger auf Schiern durch Covent Gardens bummeln sah.

Vier Wochen später erwachte ich ziemlich okay in einem Krankenhaus, abgesehen von ein paar blauen Flekken und der festen Überzeugung, daß ich Igor Strawinsky sei. Ich erfuhr, Reverend Ding sei von einem fünfzehnjährigen Maharischi wegen der Streitfrage verklagt worden, wer von ihnen denn nun wirklich Gott sei und folglich das Recht auf Freikarten für Loew's Orpheum habe. Das Problem wurde schließlich mit Hilfe des Betrugsdezernats gelöst, das beide Gurus verhaftete, als sie versuchten, sich über die Grenze nach Nirvana, Mexiko, abzusetzen.

Mittlerweile hatte ich, obgleich körperlich unversehrt, die psychische Ausgeglichenheit Caligulas und meldete mich, in der Hoffnung, meinem zerrütteten Gemüt wieder aufzuhelfen, freiwillig zu einer Therapie mit der Bezeichnung PET – Perlemutters Ego-Therapie, benannt nach ihrem charismatischen Begründer, Gustave Perlemutter. Perlemutter war früher mal Jazz-Saxophonist gewesen und erst spät an die Psychotherapie geraten, aber seine Methode hatte viele berühmte Filmstars angelockt, die schworen, sie seien dadurch viel schneller und tiefgreifender verändert worden als selbst durch das Horoskop im *Cosmopolitan.*

Eine Gruppe von Neurotikern, von denen die meisten mit konventionelleren Behandlungen Schiffbruch erlitten hatten, wurde zu einem reizenden ländlichen Bad gefahren. Ich nehme an, mich hätten der Stacheldraht und die Schäferhunde etwas argwöhnisch machen sollen, aber Perlemutters Gehilfen versicherten uns, das Geschrei, das wir hörten, sei lediglich ein Anfangssymptom. Wir wurden gezwungen, zweiundsiebzig Stunden hintereinander ohne Pause kerzengerade auf Stühlen mit harten Lehnen zu sitzen, und als unsere Widerstandskraft nach und nach zusammenbrach, dauerte es gar nicht lange, bis uns Perlemutter Teile aus *Mein Kampf* vorlas. Im Laufe der Zeit wurde klar, daß er ein ausgewachsener Psychopath war, dessen Therapie darin bestand, uns ab und zu »Nur Mut!« zuzurufen.

Ein paar von den Enttäuschteren versuchten, sich davonzumachen, stellten aber zu ihrem Kummer fest, daß die Grundstückszäune elektrisch geladen waren. Obwohl Perlemutter betonte, er sei Seelenarzt, bemerkte ich, daß er ständig Telefonanrufe von Yassir Arafat erhielt, und hätte es nicht in letzter Minute einen Sturmangriff auf das Anwesen durch Agenten Simon Wiesenthals gegeben, man könnte gar nicht sagen, was noch alles passiert wäre.

Gereizt und begreiflicherweise zynisch geworden durch den Verlauf der Ereignisse, ließ ich mich in San Francisco nieder, wo ich Geld auf die einzige mir nun noch mögliche Weise verdiente, nämlich in Berkeley Krawall zu machen und für den FBI zu spionieren. Mehrere Monate verkaufte ich an Regierungsspitzel einmal und zweimal häppchenweise Informationen, bei denen es sich hauptsächlich um einen CIA-Plan drehte, die Widerstandsfähigkeit der Bewohner von New York City dadurch zu testen, daß man Zyankali in den Trinkwasserspeicher schüttete. Damit und mit einem Angebot, als Dialogregisseur bei einem Killerporno zu arbeiten, kam ich gerade so über die Runden. Eines Abends dann, als ich eben meine Tür aufmachte, um den Müll rauszuschaffen, kamen zwei Männer unauffällig aus dem Schatten gesprungen, zogen mir einen Möbelschoner über den Kopf und karrten mich im Kofferraum ihres Wagens davon. Ich erinnere mich noch, daß ich mit einer Nadel gepiekt wurde und, ehe ich schlappmachte, Stimmen hörte, die sich darüber ausließen, daß ich mich schwerer als Patty, aber leichter als Hoffa anfühlte. Als ich aufwachte, fand ich mich in einem dunklen Zimmerchen wieder, in dem ich drei Wochen aller Sinne beraubt zubringen mußte. Darauf wurde ich von Experten gekitzelt, und zwei Leute sangen mir Country-and-Western-Songs vor, bis ich einwilligte, alles zu tun, was sie wollten. Ich kann nicht schwören, was dann kam, denn es ist möglich, daß alles auf meine Gehirnwäsche zurückzuführen war, aber ich wurde dann in einen Raum gebracht, in dem Präsident Gerald Ford mir die Hand schüttelte und mich fragte, ob ich ihm nicht durchs ganze Land nachreisen und ab und zu mal auf ihn schießen wolle, sorgsam darauf bedacht, nicht zu treffen. Er sagte, das biete ihm die Möglichkeit, mutig zu wirken, und könne als Ablenkung von wirklichen Problemen dienen, mit denen fertigzuwerden er sich außerstande sehe. In meiner geschwächten Verfassung war ich mit allem einverstanden. Zwei Tage später passierte dann die Geschichte bei Himmelsteins »Würstchendorado«.

Ein Riesenschritt für die Menschheit

Als ich gestern zu Mittag Brathuhn im eigenen Blut aß – eine Spezialität des Hauses in meinem Lieblingsrestaurant in der Innenstadt –, war ich genötigt, einem mir bekannten Stückeschreiber dabei zuzuhören, wie er sein letztes Opus gegen eine ganze Kollektion von Kritiken verteidigte, die sich wie das tibetanische *Totenbuch* lasen. Während er diffizile Beziehungen zwischen Sophokles' Dialogen und seinen herstellte, schlang Moses Goldwurm sein Gemüsekotelett hinunter und wütete wie Carry Nations gegen die New Yorker Theaterkritiker. Ich konnte natürlich nicht mehr tun als ihm ein wohlwollendes Ohr zu leihen und zu versichern, daß die Formulierung »ein Dramatiker mit nicht vorhandenen Fähigkeiten« auf verschiedene Weise interpretiert werden könne. Darauf erhob sich in dem Sekundenbruchteil, den es dauert, von der Ruhe des Gemüts zum Irrsinn zu gelangen, der verhinderte Pinero halb von seinem Stuhl, plötzlich außerstande zu sprechen. Während er wild mit den Armen fuchtelte und seinen Hals umklammerte, nahm der arme Kerl eine Blauschattierung an, die man üblicherweise mit Thomas Gainsborough in Verbindung bringt.

»Mein Gott, was ist denn das?« schrie jemand, als Silberzeug zu Boden klirrte und sich von allen Tischen die Köpfe herdrehten.

»Er bekommt einen Herzinfarkt!« schrie ein Kellner.

»Nein, nein, das ist ein Schlaganfall«, sagte ein Mann in der Nische neben mir.

Goldwurm zappelte weiter und fuchtelte mit den Armen, wenn auch immer schwächer. Als dann verschiedene, sich gegenseitig ausschließende Rettungsvorschläge von mehreren wohlmeinenden Hysterikern im Raum in angstvollem Falsett vorgebracht wurden, bestätigte der Dramatiker die Diagnose des Kellners, indem er wie ein Sack Nieten zu Boden krachte. Zu einem Häufchen Elend zusammengesunken, schien Goldwurm für immer abtreten zu müssen, noch ehe ein Krankenwagen eintreffen konnte, als ein Fremder von einsachtzig Größe und der gelassenen Selbstsicherheit eines Astronauten in den Mittelpunkt des Geschehens vortrat und mit dramatischem Tonfall sagte: »Überlaßt alles mir, Leute. Wir brauchen keinen Doktor – das ist kein Herzproblem. Als er seinen Hals umklammerte, hat dieser Mann hier das gängige, in jedem Winkel der Welt bekannte Zeichen gemacht, das darauf hinweist, daß er sich verschluckt hat. Die Symptome mögen genauso aussehen wie bei einem Menschen, der einen Herzanfall hat, dieser Mann hier aber, das versichere ich Ihnen, kann durch den ›Kunstgriff Heimlich‹ gerettet werden!«

Und damit schlang der Held des Augenblicks seine Arme von hinten um meinen Begleiter und hob ihn in die Senkrechte. Er legte Goldwurm seine Faust genau unters

Brustbein und drückte fest zu, worauf ein zwischendurch bestellter Sojaquark dem Opfer aus der Speiseröhre flutschte und im Prallschuß auf der Hutablage landete. Goldwurm kam im Handumdrehen wieder zu sich und dankte seinem Retter, der sodann unsere Aufmerksamkeit auf eine gedruckte Mitteilung des Gesundheitsministeriums lenkte, die an der Wand hing. Auf dem Anschlag wurde vollkommen wahrheitsgetreu das oben erwähnte Drama geschildert. Wessen wir Zeugen gewesen waren, war tatsächlich »das gängige Verschluck-Signal«, das den dreiteiligen Leidensweg des Opfers ausdrückt: 1) Kann nicht sprechen oder atmen, 2) Läuft blau an, 3) Bricht zusammen. Den charakteristischen Merkmalen folgten auf dem Plakat klare Anweisungen, wie bei der Lebensrettung vorzugehen sei: eben dieser überraschende Griff und das hierdurch in der Gegend herumfliegende Eiweiß, die wir gesehen hatten und die Goldwurm vor den widerwärtigen Umständen des Langen Abschieds bewahrt hatten.

Als ich wenige Minuten später die Fifth Avenue entlang nach Hause schlenderte, fragte ich mich, ob Dr. Heimlich, dessen Name als Entdecker des erstaunlichen Kunstgriffs, dessen Anwendung ich gerade gesehen hatte, im nationalen Bewußtsein nun einen so festen Platz hat, wohl die geringste Ahnung davon habe, wie nahe er einmal daran war, von drei noch immer völlig unbekannten Wissenschaftlern ausgebootet zu werden, die monatelang ununterbrochen an der Erforschung eines Heilmittels gegen dasselbe gefährliche Essenstrauma gearbeitet hatten. Ich fragte mich auch, ob er wohl von der Existenz eines Tagebuchs wisse, das ein ungenanntes Mitglied dieses bahnbrechenden Dreigestirns geführt hatte – eines Tagebuchs, das auf einer Auktion ganz irrtümlich in meinen Besitz gelangt war, weil es in Farbe und Umfang einem illustrierten Werk mit dem Titel »Haremssklavinnen« glich, für das ich den Lohn läppischer acht Wochen Arbeit geboten hatte. Es folgen nun einige Auszüge aus dem Tagebuch, die ich hier lediglich im Interesse der Wissenschaft veröffentliche:

3. Januar. Begegnete heute meinen beiden Kollegen zum ersten Mal und fand sie alle beide bezaubernd, obwohl Wolfsheim nicht ganz so ist, wie ich ihn mir vorgestellt habe. Zum Beispiel ist er massiger als auf seinem Foto (ich glaube, er benutzt ein altes). Sein Bart ist mittellang, scheint aber so blödsinnig hemmungslos wie Queckengras zu wachsen. Hinzu kommen dicke, buschige Augenbrauen und Knopfaugen von Mikrobengröße, die hinter Brillengläsern von der Dicke kugelsicheren Glases argwöhnisch umherwandern. Und dann sein Zucken. Der Mann hat sich ein Repertoire an Gesichtsticks und -zuckungen zugelegt, die zumindest die komplette Vertonung durch Strawinsky erfordern. Und doch ist Abel Wolfsheim ein glänzender Wissenschaftler, dessen Werk über das Verschlucken bei Tisch ihn zu einer Legende in der ganzen Welt hat werden lassen. Er war sehr geschmeichelt, daß ich seinen Aufsatz »Die falsche Röhre – ein Zufall?« kannte, und er vertraute mir an, daß meine einst mit Skepsis betrachtete Theorie, der Schluckauf sei angeboren, jetzt am Massachusetts Institute of Techno-

logy allgemein anerkannt sei.

Wenn Wolfsheim exzentrisch aussieht, dann ist das andere Mitglied unserer Dreiergruppe genauso, wie ich es nach der Lektüre ihres Werks erhofft hatte. Shulamith Arnolfini, deren Experimente mit abgewandelter DNA zur Erschaffung einer Springmaus führten, die »Let My People Go« singen konnte, ist durch und durch britisch – locker und unverkrampft, wie es ihr zu einem Dutt geschlungenes Haar und die halb auf die gebogene Nase gerutschte Hornbrille voraussehen ließen. Außerdem hat sie gut hörbar einen so saftigen Sprachfehler, daß vor ihr zu stehen, wenn sie ein Wort wie »Zuckerdose« ausspricht, genauso ist, als befinde man sich mitten in einem Monsunregen. Ich mag sie beide und sage große Entdekkungen voraus.

5. Januar. Die Dinge kamen nicht ganz so reibungslos in Gang, wie ich das gehofft hatte, denn Wolfsheim und ich hatten eine kleine Meinungsverschiedenheit über unser Vorgehen. Ich schlug vor, unsere Vorbereitungsversuche an Mäusen vorzunehmen, aber er sieht das als unnötig zaghaft an. Seine Absicht ist, Sträflinge zu benutzen und ihnen im Fünf-Sekunden-Abstand große Fleischklumpen mit der Anweisung zu essen zu geben, sie vor dem Runterschlucken nicht zu kauen. Nur dann, behauptet er, könnten wir den Umfang des Problems in seiner wahren Bedeutung erkennen. Ich widersprach aus moralischen Gründen, und Wolfsheim wurde bockig. Ich fragte ihn, ob er der Meinung sei, die Wissenschaft stünde über der Moral, und verwahrte mich gegen seine Gleichsetzung von Mensch und Hamster. Auch stimmte

ich seiner etwas affektgeladenen Feststellung nicht zu, ich sei ein »Trottel ohnegleichen«. Zum Glück nahm Shulamith für mich Partei.

7. Januar. Der heutige Tag war für Shulamith und mich sehr fruchtbar. Rund um die Uhr arbeitend riefen wir bei einer Maus Würgegefühle hervor. Das erreichten wir damit, daß wir dem Nager gut zuredeten, mächtige Portionen Gouda zu sich zu nehmen, und ihn dann zum Lachen brachten. Wie vorauszusehen, ging die Nahrung in die verkehrte Röhre, und die Maus verschluckte sich. Ich packte sie fest bei ihrem Schwanz, ließ ihn knallen wie eine kleine Peitsche, und das Käsestückchen löste sich. Shulamith und ich machten umfangreiche Aufzeichnungen von dem Experiment. Wenn es uns gelänge, das Schwanz-Peitschenknall-Verfahren auf den Menschen zu übertragen, hätten wir vielleicht schon etwas. Zu früh, um etwas zu sagen.

15. Februar. Wolfsheim hat eine Theorie entwickelt, die er unbedingt ausprobieren will, obwohl ich sie für viel zu simpel halte. Er ist überzeugt, daß ein Mensch, der sich beim Essen verschluckt hat, damit gerettet werden kann, daß man (mit seinen Worten) »dem Opfer einen Schluck Wasser zu trinken gibt«. Zuerst dachte ich, er mache einen Witz, aber seine überspannte Art und die wilden Blicke deuteten darauf hin, daß er zu dem Plan fest entschlossen ist. Er ist offenbar schon seit Tagen auf und spielt mit dem Gedanken, und in seinem Labor stehen Gläser, verschieden hoch mit Wasser gefüllt, überall herum. Als ich skeptisch reagierte, beschuldigte er mich, negativ zu sein, und fing an zu zucken wie ein Discotän-

zer. Man sieht halt gleich, er haßt mich.

27. Februar. Heute hatten wir einen Tag frei, und Shulamith und ich beschlossen, aufs Land zu fahren. Kaum waren wir draußen in der freien Natur, da schien uns das ganze Verschlucken meilenweit entfernt. Shulamith erzählte mir, sie sei schon einmal verheiratet gewesen, und zwar mit einem Wissenschaftler, der bahnbrechende Untersuchungen an radioaktiven Isotopen vorgenommen und dessen Körper sich mitten im Gespräch vollkommen in nichts aufgelöst habe, als er vor einem Senatsausschuß aussagte. Wir sprachen über unsere persönlichen Vorlieben und Geschmäcker und entdeckten, daß wir beide dieselbe Bakterie mögen. Ich fragte Shulamith, was sie darüber dächte, wenn ich sie küßte. Sie sagte: »Klasse!«, womit sie den vollen Sprühregen auf mich niedergehen ließ, der ihrem Sprachproblem eigen ist. Ich bin zu dem Schluß gekommen, daß sie eine ziemlich schöne Frau ist, besonders wenn man sie sich durch eine strahlensichere Bleiabdeckung ansieht.

1. März. Jetzt glaube ich, daß Wolfsheim verrückt ist. Er testete seine »Glas Wasser«-Theorie ein dutzendmal, und keinmal erwies sie sich als wirksam. Als ich ihm sagte, er solle aufhören, wertvolle Zeit und teures Geld zu vergeuden, knallte er mir eine Petrischale aufs Nasenbein, und ich war gezwungen, ihn mit einem Bunsenbrenner in Schach zu halten. Wie stets, wenn die Arbeit schwieriger wird, nehmen die Frustrationen zu.

3. März. Außerstande, Versuchspersonen für unsere gefährlichen Experimente aufzutreiben, waren wir genötigt, durch Restaurants und Cafeterien zu ziehen in der

Hoffnung, wenn wir rasch handelten, dann sollten wir schon Glück genug haben, jemanden in Not zu finden. Im »Sans Souci Deli« versuchte ich, eine gewisse Mrs. Rose Moskowitz an den Knöcheln hochzuheben und zu schütteln, und obgleich es mir gelang, einen Riesenklumpen Mazze aus ihr rauszuschleudern, schien sie mir nicht dankbar zu sein. Wolfsheim schlug vor, wir sollten versuchen, Leuten, die sich verschluckt haben, auf den Rükken zu klopfen, und wies darauf hin, daß ihm von Fermi auf einem Verdauungskongreß vor zweiunddreißig Jahren in Zürich bedeutende Rückenklopf-Pläne empfohlen worden seien. Eine Subvention zur weiteren Erforschung dieser Erkenntnisse wurde jedoch verweigert, als die Regierung zugunsten nuklearer Prioritäten entschied. Es hat sich übrigens herausgestellt, daß Wolfsheim in meiner Affäre mit Shulamith ein Nebenbuhler ist, denn er hat ihr gestern im biologischen Labor seine Zuneigung gestanden. Als er sie zu küssen versuchte, schlug sie mit einem tiefgekühlten Affen zu. Er ist ein sehr schwieriger und bemitleidenswerter Mensch.

18. März. In »Marcello's Villa« trafen wir heute eine gewisse Mrs. Guido Bertoni zufällig dabei an, wie sie sich an etwas verschluckt hatte, was sich später entweder als Cannelloni oder Pingpongball herausstellte. Wie ich es vorausgesehen hatte, nutzte ihr auf den Rücken zu klopfen gar nichts. Wolfsheim, der sich von alten Theorien nicht trennen kann, versuchte, ihr ein Glas Wasser zu verabreichen, nahm es aber unglücklicherweise vom Tisch eines Herrn, der im Betonier- und Komprimiersyndikat eine wichtige Stellung hat, und alle drei wurden

wir zum Lieferanteneingang hinaus und gegen einen Laternenpfahl geführt, und das wieder und immer wieder.

2. April. Heute hatte Shulamith die Idee, eine Pinzette zu benutzen – das heißt, so etwas wie eine lange Zange oder einen Greifer, um damit Speisen herauszuziehen, die in die Luftröhre gerutscht sind. Jeder Bürger solle solch ein Instrument bei sich tragen und in seiner Anwendung und Handhabung vom Roten Kreuz ausgebildet werden. In gespannter Vorfreude fuhren wir zu »Belknap's Salt of the Sea«, um einer Mrs. Faith Blitzstein eine böse festsitzende Krabbenpizza aus der Speiseröhre zu ziehen. Unglücklicherweise wurde die schwer keuchende Frau furchtbar aufgeregt, als ich die ungeheure Pinzette hervorholte, und grub mir ihr Gebiß ins Handgelenk, worauf ich ihr das Instrument in den Schlund fallen ließ. Nur das schnelle Handeln ihres Gatten, Nathan, der sie an den Haaren in die Höhe hielt und auf und ab schnurren ließ wie ein Jo-Jo, verhinderte einen tragischen Ausgang.

11. April. Unser Projekt nähert sich seinem Ende – erfolglos, muß ich leider sagen. Die Gelder sind uns gestrichen worden, nachdem unser Gründungskomitee zu dem Beschluß gekommen ist, das noch verbliebene Geld könne doch vielleicht nutzbringender in ein paar Spielzeug-Summsumms angelegt werden. Als ich die Nachricht vom Ende unserer Bemühungen erhielt, mußte ich an die frische Luft, um in meinem Kopf etwas Ordnung zu schaffen, und wie ich so abends allein am Charles River entlangwanderte, dachte ich unwillkürlich über die Grenzen der Wissenschaft nach. Vielleicht sind

die Menschen dazu *bestimmt,* sich, wenn sie essen, hin und wieder zu verschlucken. Vielleicht ist das alles Teil irgendeines unergründlichen kosmischen Plans. Sind wir so eingebildet zu glauben, Forschung und Wissenschaft könnten alles kontrollieren? Ein Mensch schluckt ein zu großes Stück Steak und verschluckt sich. Was könnte einfacher sein? Was bedarf es weiterer Beweise der allerhöchsten Harmonie des Universums? Wir werden nie auf alles eine Antwort haben.

20. April. Gestern nachmittag war unser letzter Tag, und ich fand Shulamith in der Kantine, wo sie eine Abhandlung über den neuen Herpes vaccinus überflog und dabei einen Matjeshering reinschlang, um bis zum Abendessen durchzuhalten. Ich schlich mich leise von hinten an sie heran, denn ich wollte sie überraschen, legte still meine Arme um sie und spürte in dem Moment die Wonne, die nur ein Liebender empfindet. Sie verschluckte sich sofort, denn plötzlich war ihr ein Stück Hering in der Kehle steckengeblieben. Ich hatte meine Arme noch um sie geschlungen, und meine Hände waren, wie es das Schicksal wollte, gerade unter ihrem Brustbein verschränkt. Etwas – nennen Sie es blinden Instinkt, nennen Sie es wissenschaftliche *fortune* – ließ mich eine Faust machen und sie ihr fest gegen die Brust drücken. Im Nu löste sich der Hering, und einen Augenblick später war die entzückende Frau so gut wie neu. Als ich Wolfsheim davon erzählte, sagte er: »Ja, natürlich. Es funktioniert bei Hering. Aber klappt es auch bei Schwermetallen?«

Ich weiß nicht, was er meinte, und es interessiert mich auch nicht. Das Projekt ist beendet, und wenn vielleicht auch wahr ist, daß wir gescheitert sind, so werden andere unseren Spuren folgen und, auf unseren primitiven Vorarbeiten aufbauend, schließlich zum Erfolg gelangen. Ja, wir alle hier sehen schon den Tag kommen, an dem unsere Kinder, aber gewiß unsere Kindeskinder, in einer Welt leben, in der kein Mensch mehr, gleich welcher Rasse, Konfession oder Hautfarbe, von seiner Hauptmahlzeit tödlich zur Strecke gebracht wird. Um mit einer persönlichen Bemerkung zu schließen: Shulamith und ich werden heiraten, und bevor das Wirtschaftsleben sich wieder etwas aufzuheitern beginnt, haben sie, Wolfsheim und ich beschlossen, einer vielgefragten Aufgabe nachzukommen und einen wirklich erstklassigen Tätowiersalon zu eröffnen.

Der oberflächlichste Mensch, der mir je begegnet ist

Wir saßen im »Delicatessen« rum und redeten über oberflächliche Leute, denen wir begegnet waren, als Koppelmann den Namen Lenny Mendel in die Debatte warf. Koppelmann sagte, Mendel sei bei weitem der oberflächlichste Mensch, der ihm je über den Weg gelaufen sei, ohne jede Ausnahme, und dann machte er sich an die Erzählung der folgenden Geschichte.

Jahre lang schon fand wöchentlich einmal ein Pokerabend mit ungefähr immer denselben Leuten statt. Es handelte sich um Spiele mit kleinen Einsätzen, die man zum Spaß und zur Entspannung in einem gemieteten Hotelzimmer machte. Die Männer setzten und bluffen, aßen und tranken und redeten von Sex und Sport und den Geschäften. Nach einer Zeit (aber keiner konnte präzise die genaue Woche sagen) bemerkten die Spieler nach und nach, daß einer von ihnen, Meyer Iskowitz, nicht sehr gesund aussah. Als sie Bemerkungen darüber machten, tat Iskowitz das alles als unbedeutend ab.

»Mir geht's prima, mir geht's prima«, sagte er, »wollen wir wetten?« Aber im Verlauf von ein paar Monaten sah er immer schlechter aus, und als er eine Woche nicht zum

Spielen erschien, hörten sie, daß er mit einer Gelbsucht ins Krankenhaus gekommen sei. Jedermann ahnte die schreckliche Wahrheit, und so kam es drei Wochen später nicht vollkommen überraschend, als Sol Katz Lenny Mendel bei der Fernsehshow anrief, wo er arbeitete, und sagte: »Der arme Meyer hat Krebs. Die Lymphknoten. Sehr bösartig. Es hat sich schon im ganzen Körper ausgebreitet. Er ist im Sloan-Kettering.«

»Wie schrecklich«, sagte Mendel erschüttert und plötzlich deprimiert, während er am anderen Ende der Leitung matt an seiner Malzmilch nippte.

»Phil und ich haben ihn heute besucht. Der arme Kerl hat keine Angehörigen. Und er sieht furchtbar aus. Er ist doch immer so robust gewesen. Aiweh, was für eine Welt. Na ja, er ist im Sloan-Kettering. 1275 York, und die Besuchszeit ist von zwölf bis acht.«

Katz legte auf und ließ Lenny Mendel in trüber Stimmung zurück. Mendel war vierundvierzig und gesund, soweit er wußte. (Er schränkte plötzlich seine Selbsteinschätzung ein, um sie nicht selber zu beschreien.) Er war nur sechs Jahre jünger als Iskowitz, und wenn die beiden auch nicht so furchtbar eng befreundet waren, so hatten sie doch fünf Jahre lang einmal die Woche beim Kartenspiel viel gemeinsam zu lachen gehabt. Der arme Kerl, dachte Mendel. Ich denke, ich sollte ihm ein paar Blumen schicken. Er beauftragte Dorothy, eine von den Sekretärinnen bei der NBC, den Blumenladen anzurufen und die Einzelheiten zu erledigen. Die Nachricht von Iskowitzens nahem Tod lastete den Nachmittag schwer auf Mendel, aber was ihn langsam noch mehr zermürbte und entnervte, das war der beharrliche Gedanke, man erwarte von ihm, daß er seinen Pokerfreund besuche.

Was für eine unangenehme Aufgabe, dachte Mendel. Er hatte ein schlechtes Gewissen angesichts seines Wunsches, der ganzen Angelegenheit aus dem Wege zu gehen, und doch fürchtete er, Iskowitz unter diesen Umständen zu sehen. Natürlich war sich Mendel darüber klar, daß alle Menschen sterben müßten, und er schöpfte sogar ein wenig Trost aus einer These, auf die er einmal in einem Buch gestoßen war und die besagte, der Tod stünde nicht im Gegensatz zum Leben, sondern sei ein naturbedingter Teil von ihm; doch wenn er über die Tatsache seiner eigenen Auslöschung in alle Ewigkeit genau nachdachte, jagte ihm das grenzenlose Furcht ein. Er war nicht religiös und kein Held und kein Stoiker, und in seinem täglichen Leben wollte er von Beerdigungen oder Krankenhäusern oder Sterbezimmern nichts hören. Wenn auf der Straße ein Leichenwagen vorbeifuhr, konnte ihm das Bild noch Stunden nachgehen. Nun stellte er sich Iskowitzens dahinsiechende Gestalt und sich selber vor, wie er verlegen versuchte, Witze zu reißen oder Konversation zu machen. Wie er Krankenhäuser haßte mit ihren zweckmäßigen Fliesen und der nüchternen Beleuchtung! Diese ganze heimlichtuerische, verschwiegene Atmosphäre. Und immer zu warm. Erdrückend. Und die Essentabletts und die Bettpfannen und die Alten und Lahmen, die in ihren weißen Nachthemden durch die Korridore schlurften in der drückenden, mit exotischen Keimen geschwängerten Luft. Und was ist, wenn alle die Theorien, daß Krebs ein Virus ist, stimmen? Ich mit Meyer Iskowitz im selben

Raum? Wer weiß, ob's nicht ansteckend ist? Seien wir ehrlich. Was zum Teufel wissen sie schon über diese gräßliche Krankheit? Nichts. Und eines Tages finden sie dann raus, daß eine ihrer zugegebenermaßen zigtausend Formen von Iskowitz übertragen wird, wenn er mich anhustet. Oder meine Hand an seine Brust drückt. Der Gedanke, Iskowitz könne vor seinen Augen den letzten Schnaufer tun, entsetzte ihn. Er sah seinen einst kraftstrotzenden, jetzt ausgemergelten Bekannten (plötzlich war er ein Bekannter, nicht wirklich ein Freund) seinen letzten Atemzug auskeuchen und mit den Worten »Verlaß mich nicht, verlaß mich nicht!« die Hände nach Mendel ausstrecken. Großer Gott, dachte Mendel, und auf seiner Stirn bildeten sich Schweißperlen. Ich habe keine Lust, Meyer zu besuchen. Und warum zum Teufel soll ich auch? Wir waren nie eng befreundet. Du liebe Güte, ich habe den Menschen einmal die Woche gesehen. Ausschließlich beim Kartenspiel. Wir haben kaum mehr als ein paar Worte miteinander gewechselt. Er war ein Pokerspieler. In fünf Jahren haben wir uns kein einziges Mal außerhalb des Hotelzimmers gesehen. Jetzt stirbt er, und mit einemmal ist es meine Pflicht, ihn zu besuchen. Ganz plötzlich sind wir alte Kumpels. Gut befreundet wohl auch noch. Ich meine, du liebe Güte, er war zu allen anderen in der Runde viel herzlicher. Wenn überhaupt, dann stand ich ihm am *wenigsten* nahe. Sollen sie ihn doch besuchen. Schließlich, wieviel Trubel hat so ein kranker Mensch denn nötig? Teufel nochmal, er liegt im Sterben. Er will Ruhe, keinen Aufmarsch hohlklingender Trostbringer. Sowieso kann ich heute nicht gehen, weil ich Kostümprobe habe. Was glauben sie eigentlich, was ich bin, ein Nichtstuer? Ich bin gerade Regieassistent geworden. Ich habe an eine Million Dinge zu denken. Und die nächsten paar Tage sind auch schon ausgebucht, denn da ist die Weihnachtsshow, und wir haben hier ein Irrenhaus. Also, ich mach's nächste Woche. Kommt's denn darauf an? Ende nächster Woche. Wer weiß? Lebt er überhaupt noch bis Ende nächster Woche? Na, wenn ja, bin ich da, und wenn nicht, was zum Teufel macht's dann? Wenn das 'ne hartherzige Einstellung ist, dann ist das Leben hartherzig. Inzwischen muß der erste Auftritt von der Show ein bißchen aufgemotzt werden. Zeitnaher Humor. Die Show braucht mehr zeitnahen Humor. Nicht so viele alte Hüte.

Mit der einen oder anderen Ausrede kam Lenny Mendel zweieinhalb Wochen darum herum, Meyer Iskowitz zu besuchen. Als ihm seine Verpflichtung immer drängender zu Bewußtsein kam, fühlte er sich sehr schuldig, und noch viel schlechter, als er sich dabei ertappte, daß er beinahe hoffte, er erhalte die Nachricht, es sei vorüber und Meyer gestorben, damit wäre er aus dem Schlamassel. Es ist doch sowieso sicher, argumentierte er, warum also nicht gleich? Warum soll der Mann denn noch weiter leben und sich quälen. Ich meine, ich weiß, es klingt herzlos, dachte er im stillen, und ich weiß, ich bin labil, aber manche Leute kommen halt mit sowas besser zurecht als andere. Sterbende besuchen ist sowas. Es ist niederschmetternd. Und als hätte ich nicht schon genug im Kopf.

Aber die Nachricht von Meyers Tod kam nicht. Nur

sein Schuldgefühl vergrößernde Bemerkungen seiner Freunde in der Pokerrunde.

»Ach, du hast ihn noch gar nicht besucht? Das solltest du aber wirklich. Er kriegt so wenig Besuch und ist so dankbar.«

»Er hat immer zu dir aufgesehen, Lenny.«

»Jaja, Lenny mochte er immer.«

»Ich weiß, du hast mit der Show ungeheuer viel zu tun, aber du solltest doch versuchen, es dir einzurichten, daß du Meyer mal besuchst. Schließlich, wieviel Zeit hat der Mann noch zu leben?«

»Ich geh' morgen«, sagte Mendel, aber als es soweit war, verschob er es wieder. Die Wahrheit ist, als er schließlich genug Mut gesammelt hatte, um im Krankenhaus einen zehnminütigen Besuch zu machen, geschah das mehr aus dem Bedürfnis nach einem Bild von sich, mit dem er leben könne, als aus dem auch nur geringsten Mitleid mit Iskowitz. Mendel war klar, wenn Iskowitz stürbe und er zu ängstlich oder angewidert gewesen wäre, ihn zu besuchen, da würde er seine Feigheit möglicherweise bedauern, und es wäre dann nichts mehr zu ändern. Ich werde mich dafür hassen, daß ich kein Rückgrat besitze, dachte er, und die anderen werden mich als das erkennen, was ich bin – eine eigensüchtige Laus. Andererseits, wenn ich Iskowitz besuche und handele wie ein Mann, werde ich in meinen Augen und in denen der Welt als ein besserer Mensch dastehen. Der springende Punkt jedenfalls ist, daß Iskowitzens Bedürfnis nach Trost und Gesellschaft nicht die treibende Kraft hinter dem Besuch war.

Nun nimmt die Geschichte eine Wendung, denn wir sprechen ja über Oberflächlichkeit, und die Ausmaße von Lenny Mendels alle Rekorde brechender Gedankenlosigkeit kommen eben erst nach und nach zum Vorschein. An einem kalten Dienstagabend um neunzehn Uhr fünfzig (da konnte er nicht länger als zehn Minuten bleiben, selbst wenn er wollte) erhielt Mendel von der Krankenhausaufsicht den laminierten Ausweis, der ihm den Zugang zu Zimmer 1501 gestattete, wo Meyer Iskowitz allein in seinem Bett lag, überraschend gut aussehend, wenn man das Stadium bedachte, zu dem die Krankheit vorgeschritten war.

»Wie geht's denn so, Meyer?« sagte Mendel leise und versuchte, einen beträchtlichen Abstand zum Bett einzuhalten.

»Wer ist denn da? Mendel? Bist du das, Lenny?«

»Ich hatte zu tun. Sonst wär ich schon eher gekommen.«

»Ach, wie nett von dir, daß du dir die Mühe machst. Ich freue mich so, dich zu sehen.«

»Wie geht's dir, Meyer?«

»Wie geht's mir? Ich werde die Sache schon kleinkriegen, Lenny. Denk an meine Worte. Ich werde die Sache schon kleinkriegen.«

»Klar machst du das, Meyer«, sagte Lenny Mendel mit leiser, von Anspannung gepreßter Stimme. »In sechs Monaten bist du wieder da und schummelst beim Kartenspiel. Haha, nein, im Ernst, du hast nie geschummelt.« Mach weiter so locker, dachte Mendel, laß die Pointen weiter so purzeln. Behandle ihn, als liege er nicht im Sterben, dachte Mendel und erinnerte sich eines Ratschlags, den er zu dem Thema mal gelesen hatte. In dem stickigen kleinen Zimmer, so kam es Mendel vor, atmete er Wolken bösartiger Krebskeime ein, die aus Iskowitz hervorströmten und sich in der warmen Luft vermehrten. »Ich habe dir 'ne *Post* gekauft«, sagte Lenny und legte das Mitbringsel auf den Tisch.

»Setz dich, setz dich. Wo rennst du denn hin? Du bist doch gerade erst gekommen«, sagte Meyer herzlich.

»Ich lauf nicht weg. Es ist bloß, in der Besuchsvorschrift heißt es, die Besuche sind zur Entlastung der Patienten kurz zu halten.«

»Und was macht das schon?« fragte Meyer.

Mendel, der sich damit abfand, daß er die ganze Zeit bis acht plaudern müsse, zog sich einen Stuhl ran (nicht zu nahe) und versuchte, sich über Kartenspielen, Sport, Schlagzeilen und die Finanzen zu unterhalten, sich ständig der alles überragenden, schrecklichen Tatsache peinlich bewußt, daß Iskowitz trotz seines Optimismus dieses Krankenhaus nie mehr lebend verließe. Mendel schwitzte und fühlte sich benommen. Das Bedrückende, die gezwungene Fröhlichkeit, das allgegenwärtige Gefühl von Krankheit und das Bewußtsein seiner eigenen wehrlosen Sterblichkeit ließen sein Genick steif werden und seinen Mund austrocknen. Er wollte gehen. Es war schon fünf nach acht, und er war noch immer nicht zum Gehen aufgefordert worden. Die Besuchsregeln waren lasch. Er wand sich auf seinem Stuhl, während Iskowitz zärtlich von den alten Zeiten sprach, und nach weiteren deprimierenden fünf Minuten meinte Mendel, in Ohnmacht zu fallen. Da, gerade als es schien, er könne es nicht mehr länger aushalten, trat ein folgenschweres Ereignis ein. Die Schwester, Miss Hill – die vierundzwanzigjährige, blonde, blauäugige Schwester mit ihrem langen Haar und dem wunderschönen Gesicht – kam herein und sagte, wobei sie Lenny Mendel mit einem warmen, gewinnenden Lächeln ins Auge faßte: »Die Besuchszeit ist zu Ende. Sie müssen leider Aufwiedersehen sagen.« Lenny Mendel, der in seinem ganzen Leben noch nie ein vollkommeneres Geschöpf gesehen hatte, verliebte sich just in dem Moment. So einfach ging das. Er glotzte mit offenem Mund und dem verblüfften Aussehen eines Mannes, der endlich die Frau seiner Träume zu Gesicht bekommen hat. Mendel schmerzte geradezu das Herz vor dem überwältigenden Gefühl höchsten Verlangens. Mein Gott, dachte er, es ist wie im Kino. Und da gab's auch gar keine Frage, Miss Hill war absolut entzückend. Sie war sexy und kurvenreich in ihrer weißen Tracht, hatte große Augen und üppige, sinnliche Lippen. Sie hatte schöne, ausgeprägte Wangenknochen und makellos geformte Brüste. Ihre Stimme war wohlklingend und bezaubernd, während sie die Laken glattzog, Meyer Iskowitz gutmütig neckte und doch herzliche Teilnahme für den Kranken erkennen ließ. Zum Schluß nahm sie das Essentablett und ging hinaus, wobei sie nur kurz innehielt, um Mendel zuzuzwinkern und zu flüstern: »Am besten Sie gehen jetzt. Er braucht Ruhe.«

»Ist das immer deine Krankenschwester?« fragte Mendel Iskowitz, nachdem sie gegangen war.

»Miss Hill? Die ist neu. Sehr erfreulich. Ich mag sie.

Nicht so mürrisch wie ein paar von den anderen hier. So hilfsbereit wie irgend möglich. Und viel Sinn für Humor. Na, du gehst jetzt besser. Es hat mich so gefreut, dich zu sehen, Lenny.«

»Tja, ganz recht, micht auch, Meyer.«

Verwirrt erhob Mendel sich und trottete den Korridor hinunter in der Hoffnung, Miss Hill noch einmal zu begegnen, bevor er an den Fahrstühlen ankam. Sie war nirgendwo zu sehen, und als Mendel hinaus auf die Straße in die kalte Nachtluft trat, da wußte er, er müsse sie wiedersehen. Mein Gott, dachte er, als ihn das Taxi durch den Central Park nach Hause fuhr, ich kenne Schauspielerinnen, ich kenne Mannequins, und diese junge Krankenschwester hier ist reizender als all die anderen zusammen. Warum habe ich nicht mit ihr geredet? Ich hätte sie in ein Gespräch hineinziehen sollen. Ob sie wohl verheiratet ist? Ach nein – nicht, wenn sie *Miss* Hill heißt. Ich hätte Meyer über sie ausfragen sollen. Natürlich, wenn sie neu ist ... Er ging alle »Ich-hätte-sollen« durch und hatte den Eindruck, er hätte sowas wie eine Riesenchance verpaßt, aber dann tröstete er sich damit, daß er zumindest wußte, wo sie arbeitete, und er sie ja wieder ausfindig machen könne, wenn er sein Gleichgewicht wiedergefunden hätte. Es ging ihm durch den Kopf, sie könne sich ja am Ende als unintelligent oder beschränkt erweisen wie so viele der schönen Frauen, die ihm im Showgeschäft über den Weg liefen. Allerdings ist sie Krankenschwester, das könnte bedeuten, daß ihre Interessen tiefer, menschlicher, weniger egoistisch sind. Oder es könnte bedeuten, daß sie, wenn ich sie erst besser kenne, nichts als eine phantasielose Überbringerin von Bettpfannen ist. Nein – so grausam kann das Leben nicht sein. Er spielte mit dem Gedanken, vor dem Krankenhaus auf sie zu warten, vermutete aber, daß ihr Schichtdienst wechsele und er sie verpasse. Auch, daß er sie vielleicht aus der Fassung brächte, wenn er sie anspräche.

Er ging am nächsten Tag Iskowitz wieder besuchen und brachte ihm ein Buch mit dem Titel *Berühmte Sportgeschichten* mit, von dem er meinte, es lasse seinen Besuch weniger verdächtig erscheinen. Iskowitz war überrascht und erfreut, ihn zu sehen, aber Miss Hill hatte an dem Abend keinen Dienst, stattdessen schwebte ein Dragoner namens Miss Caramanulis zum Zimmer rein und raus. Mendel konnte seine Enttäuschung kaum verbergen und versuchte, interessiert zu bleiben an dem, was Iskowitz zu sagen hatte, aber es gelang ihm nicht. Iskowitz, der ein bißchen unter Beruhigungsmitteln stand, bemerkte gar nicht, daß Mendel verwirrt nichts anderes im Kopf hatte als wegzugehen.

Mendel kam am nächsten Tag wieder und fand den himmlischen Gegenstand seiner Träume mit Isowitzens Pflege beschäftigt. Er machte stotternd etwas Konversation, und als er wegging, gelang es ihm, im Korridor ganz nahe an sie heranzukommen. Während Mendel ihrer Unterhaltung mit einer anderen jungen Schwester lauschte, meinte er den Eindruck zu gewinnen, sie habe einen Freund und die beiden sähen sich am nächsten Tag zusammen ein Musical an. Er versuchte, gleichgültig zu erscheinen, als er auf den Fahrstuhl wartete, hörte aber aufmerksam zu, um herauszukriegen, wie ernsthaft die

Beziehung sei, bekam aber keineswegs alle Einzelheiten mit. Er neigte zur Annahme, sie sei verlobt, und obwohl sie keinen Ring trug, meinte er, er höre sie von jemandem als »meinem Verlobten« sprechen. Er fühlte sich entmutigt und stellte sie sich als die vergötterte Gefährtin irgendeines jungen Arztes vor, eines glänzenden Chirurgen vielleicht, mit dem sie viele berufliche Interessen teilte. Seine letzte Wahrnehmung, als sich die Fahrstuhltüren schlossen, um ihn hinunter zur Straße zu transportieren, war, daß Miss Hill den Korridor entlangging und sich angeregt mit der anderen Schwester unterhielt, während sie verführerisch ihre Hüften schwenkte und ihr musikalisch bezauberndes Lachen durch das grimme Schweigen der Station schallte. Ich muß sie haben, dachte Mendel, von Verlangen und Leidenschaft verzehrt, und ich darf es mir nicht wieder verpatzen wie schon bei so vielen anderen. Ich muß mit Gefühl vorgehen. Nicht zu rasch, was ja immer mein Problem ist. Ich darf nicht vorschnell handeln. Ich muß mehr über sie erfahren. Ist sie wirklich so wunderbar wie ich sie mir vorstelle? Und wenn ja, wieweit ist sie an den anderen gebunden? Und wenn es ihn nicht gibt, hätte ich auch dann eine Chance? Ich sehe keinen Grund, weshalb ich, wenn sie frei ist, nicht um sie werben und sie bekommen sollte. Oder sie sogar diesem Mann ausspannen. Aber ich brauche Zeit. Zeit, um etwas über sie zu erfahren. Dann Zeit, um sie zu bearbeiten. Zu reden, zu lachen, ihr zu bringen, was ich an Gaben der Erkenntnis und des Humors zu bieten habe. Mendel rang die Hände beinahe wie ein Medicifürst und sabberte. Das logische Vorgehen ist, sie zu sehen, wenn ich Iskowitz

besuche, und langsam, ohne zu drängen, Punkte bei ihr zu sammeln. Ich muß vorsichtig sein. Die harte Masche, das direkte Rangehen hat mir mittlerweile schon zu oft die Sache vermasselt. Ich muß zurückhaltend sein.
Nachdem das beschlossen war, kam Mendel nun Iskowitz jeden Tag besuchen. Der Kranke konnte sein Glück nicht fassen, so einen treuergebenen Freund zu haben. Mendel brachte immer ein ansehnliches und wohlüberlegtes Geschenk mit. Eines, das ihm helfen würde, in Miss Hills Augen Eindruck zu schinden. Hübsche Blumen, eine Tolstoi-Biografie (er hörte sie erwähnen, wie sehr sie *Anna Karenina* mochte), die Gedichte Wordsworths, Kaviar. Iskowitz war verblüfft über diese Auswahl. Er haßte Kaviar und hatte noch nie etwas von Wordsworth gehört. Mendel konnte sich gerade noch zurückhalten, Iskowitz ein Paar antike Ohrringe mitzubringen, obgleich er welche gesehen hatte, von denen er wußte, Miss Hill würde für sie schwärmen.

Der verliebte Freier ergriff jede Gelegenheit, Iskowitzens Krankenschwester in ein Gespräch zu ziehen. Ja, sie sei verlobt, erfuhr er, aber sie habe Kummer damit. Ihr Verlobter sei Rechtsanwalt, aber sie träume davon, einen mehr künstlerischen Menschen zu heiraten. Aber Norman, ihr Verehrer, war groß und dunkelhaarig und sah phantastisch aus, eine Schilderung, die den körperlich weniger reizvollen Mendel in Mutlosigkeit versetzte. Mendel posaunte seine Erkenntnisse und Beobachtungen dem langsam verfallenden Iskowitz stets mit so lauter Stimme vor, daß sie auch von Miss Hill vernommen werden konnten. Er hatte das Gefühl, er mache vielleicht

Eindruck auf sie, aber jedesmal, wenn ihm seine Position aussichtsreich erschien, mischte sie Zukunftpläne mit Norman in das Gespräch. Was für ein Glück dieser Norman hat, dachte Mendel. Er verbringt seine Zeit mit ihr, sie lachen zusammen, planen gemeinsam, er drückt seine Lippen auf ihre, er zieht ihr die Schwesterntracht aus – vielleicht nicht bis aufs allerletzte Fetzchen. O Gott! seufzte Mendel, blickte himmelwärts und schüttelte vor enttäuschter Hoffnung den Kopf.

»Sie können sich nicht vorstellen, was diese Besuche Mr. Iskowitz bedeuten«, sagte die Krankenschwester eines Tages zu Mendel, und ihr entzückendes Lächeln und die großen Augen brachten ihn fast an den Rand des Wahnsinns. »Er hat keine Angehörigen, und die meisten seiner anderen Freunde haben so wenig freie Zeit. Meine Meinung darüber ist natürlich, daß die meisten Menschen nicht das Mitgefühl oder den Mut haben, sehr viel Zeit mit einem aussichtslosen Fall zu verbringen. Die Leute schreiben Sterbenskranke ab und denken lieber nicht daran. Deswegen meine ich, Ihr Verhalten ist – ja – einfach großartig.«

Die Nachricht davon, wie sehr Mendel Iskowitz verwöhnte, verbreitete sich, und er wurde beim allwöchentlichen Kartenspiel von den Spielern sehr bewundert.

»Was du tust, ist fabelhaft«, sagte Phil Birnbaum beim Pokern zu Mendel. »Meyer erzählt mir, keiner komme so regelmäßig wie du, und er sagt, er denkt, du ziehst dich sogar für den Anlaß extra um.« Mendels Geist war in dem Moment mit Miss Hills Hüften beschäftigt, die er nicht mehr aus seinen Gedanken loswurde.

»Und was macht er? Ist er tapfer?« fragte Sol Katz.

»Ist wer tapfer?« fragte Mendel traumverloren.

»Wer? Von wem reden wir denn? Der arme Meyer.«

»Oh, äh – ja. Tapfer. Ganz recht«, sagte Mendel, der nicht mal bemerkte, daß er in dem Augenblick ein *full house* in der Hand hatte.

Im Laufe der Wochen siechte Iskowitz dahin. Einmal sah er entkräftet zu Mendel auf, der bei ihm stand, und murmelte: »Lenny, ich liebe dich. Wirklich.« Mendel nahm Meyers ausgestreckte Hand und sagte: »Danke, Meyer. Hör mal, war Miss Hill heute hier? Hä? Könntest du vielleicht ein bißchen lauter sprechen? Du bist so schwer zu verstehen.« Iskowitz nickte schwach. »Aha«, sagte Mendel, »und worüber habt ihr so geredet? Etwa auch über mich?«

Mendel hätte natürlich nie gewagt, sich Miss Hill zu erkennen zu geben, denn er sah sich in der mißlichen Lage, daß er nicht wollte, sie könne je den Gedanken haben, er sei aus irgendeinem anderen Grund, als Meyer Iskowitz zu besuchen, so häufig dort.

Manchmal brachte den Kranken sein Zustand an der Schwelle des Todes dazu, daß er philosophierte und dann Dinge sagte wie: »Wir sind hier, und wir wissen nicht, warum. Es ist vorbei, ehe wir wissen, was in den Karten liegt. Es kommt darauf an, sich des Augenblicks zu erfreuen. Leben heißt glücklich sein. Und doch glaube ich, daß Gott existiert, und wenn ich mich umsehe und das Sonnenlicht durch das Fenster hereinfluten oder abends die Sterne hervorkommen sehe, dann weiß ich, das Er irgendeinen endgültigen Plan hat und daß der gut ist.«

»Ganz recht, ganz recht«, pflegte dann Mendel zu antworten. »Und Miss Hill? Ist sie noch mit Norman zusammen? Hast du rausgekriegt, worum ich dich gebeten habe? Falls du sie siehst, wenn sie morgen diese Untersuchungen mit dir machen, finde es bitte raus.«

An einem regnerischen Apriltag starb Iskowitz. Ehe er das Zeitliche segnete, sagte er Mendel noch einmal, daß er ihn liebe und daß Mendels Teilnahme für ihn in diesen letzten Monaten die rührendste und innigste Erfahrung gewesen sei, die er je mit einem anderen Menschen gehabt habe. Zwei Wochen später trennten sich Miss Hill und Norman, und Mendel begann sich mit ihr zu verabreden. Sie hatten eine Affäre, die ein Jahr dauerte, und dann gingen sie ihrer Wege.

»Das ist ja 'ne dolle Geschichte«, sagte Moskowitz, als Koppelmann diesen Bericht über die Oberflächlichkeit Lenny Mendels schloß. »Das zeigt wieder mal, wie schlecht doch manche Leute sind.«

»So hab ich das nicht verstanden«, sagte Jake Fischbein. »Ganz und gar nicht. Die Geschichte zeigt, wie die Liebe zu einer Frau einen Mann dazu befähigen kann, seine Todesängste zu überwinden, und wenn auch bloß für eine Zeitlang.«

»Worüber redest du eigentlich?« mischte sich Abe Trochmann ein. »Der springende Punkt der Geschichte ist doch, daß ein Sterbender der Nutznießer der plötzlichen Leidenschaft seines Freundes für eine Frau wird.«

»Aber sie waren nicht Freunde«, wandte Lupowitz ein. »Mendel ging aus Pflichtgefühl hin. Und aus Egoismus ist er immer wieder hingegangen.«

»Was macht das schon?« sagte Trochmann. »Iskowitz bekam menschliche Nähe zu spüren. Er starb getröstet. Daß Mendels Gier nach der Krankenschwester der Beweggrund dafür war – was soll's?«

»Gier? Wieso denn Gier? Mendel kann doch trotz seiner Oberflächlichkeit zum ersten Mal in seinem Leben Liebe empfunden haben.«

»Was macht das schon? sagte Bursky. »Wen kümmert's, was der Knalleffekt der Geschichte ist? Falls sie überhaupt einen Knalleffekt hat. Es war eine unterhaltsame Anekdote. Bestellen wir doch was.«

Die Frage

Das folgende Stück ist ein Einakter, der auf einem Vorfall im Leben Abraham Lincolns beruht. Der Vorfall mag wahr sein oder auch nicht. Der springende Punkt ist, ich war müde, als ich das schrieb.

I

(Lincoln winkt mit jungenhaftem Eifer seinen Pressesekretär George Jennings zu sich ins Zimmer.)

JENNINGS: Mr. Lincoln, Sie haben mich holen lassen?

LINCOLN: Ja, Jennings. Kommen Sie rein. Setzen Sie sich.

JENNINGS: Ja, Mr. President?

LINCOLN: *(außerstande, ein Feixen zu unterdrücken)* Ich möchte mit Ihnen eine Idee besprechen.

JENNINGS: Natürlich, Sir.

LINCOLN: Wir haben das nächste Mal eine Konferenz für die Herren von der Presse ...

JENNINGS: Ja, Sir ...?

LINCOLN: Wenn ich um Fragen bitte ...

JENNINGS: Ja, Mr. President ...?

LINCOLN: ... erheben Sie Ihre Hand und fragen mich:

Mr. President, was meinen Sie, wie lang sollten die Beine eines Menschen sein?

JENNINGS: Wie bitte?

LINCOLN: Sie fragen mich: was ich meine, wie lang die Beine eines Menschen sein sollten.

JENNINGS: Darf ich fragen, warum, Sir?

LINCOLN: Warum? Weil ich eine unheimlich gute Antwort darauf habe.

JENNINGS: Tatsächlich?

LINCOLN: So lang, daß sie bis zum Boden reichen.

JENNINGS: Pardon?

LINCOLN: So lang, daß sie bis zum Boden reichen. Das ist die Antwort! Kapiert? Was meinen Sie, wie lang sollten die Beine eines Menschen sein? So lang, daß sie bis zum Boden reichen!

JENNINGS: Ah ja.

LINCOLN: Meinen Sie nicht, daß das komisch ist?

JENNINGS: Darf ich ganz offen sein, Mr. President?

LINCOLN: *(verärgert)* Also, ich habe heute damit einen Riesenlacher kassiert.

JENNINGS: Wirklich?

LINCOLN: Natürlich. Ich war mit meinem Kabinett und ein paar Freunden zusammen, und ein Mann stellte sie mir, und ich feuerte diese Antwort ab, und der ganze Saal brach vor Lachen zusammen.

JENNINGS: Darf ich fragen, Mr. Lincoln, in welchem Zusammenhang er diese Frage stellte?

LINCOLN: Wie bitte?

JENNINGS: Haben Sie über Anatomie gesprochen? War der Mann Chirurg oder Bildhauer?

LINCOLN: Warum – äh-nein-ich-ich denke nicht. Nein. Ein einfacher Bauer, glaube ich.
JENNINGS: Und warum wollte er das wissen?
LINCOLN: Tja, ich weiß nicht. Ich weiß nur, er war jemand, der dringend um eine Audienz bei mir gebeten hatte ...
JENNINGS: *(besorgt)* Ah ja.
LINCOLN: Was ist, Jennings, Sie sehen blaß aus.
JENNINGS: Es ist eine ziemlich merkwürdige Frage.
LINCOLN: Ja, aber ich habe damit einen Lacher kassiert. Es war eine Blitzantwort.
JENNINGS: Das leugnet niemand, Mr. Lincoln.
LINCOLN: Einen Riesenlacher. Das ganze Kabinett brach einfach zusammen.
JENNINGS: Und sagte der Mann dann noch etwas?
LINCOLN: Er sagte danke und ging.
JENNINGS: Sie haben überhaupt nicht gefragt, warum er das wissen wollte?
LINCOLN: Wenn Sie es unbedingt wissen wollen, ich war mit meiner Antwort außerordentlich zufrieden. So lang, daß sie bis zum Boden reichen. Das kam so fix raus. Ich habe nicht gezögert.
JENNINGS: Ich weiß, ich weiß. Es ist bloß, tja, diese ganze Geschichte macht mir Sorgen.

II

(Lincoln und Mary Todd in ihrem Schlafzimmer. Es ist mitten in der Nacht. Sie im Bett, Lincoln läuft nervös hin und her.)

MARY: Komm ins Bett, Abe. Was ist denn los?

LINCOLN: Dieser Mann heute. Die Frage. Ich bekomme sie nicht mehr aus meinem Kopf. Jennings hat in ein Wespennest gestochen.

MARY: Vergiß sie, Abe.

LINCOLN: Ich möchte ja, Mary. Großer Gott, meinst du, ich möchte das nicht? Aber dieser gehetzte Blick. Flehend. Was könnte ihn bewegt haben? Ich brauche einen Drink.

MARY: Nein, Abe.

LINCOLN: Ja.

MARY: Ich sagte, nein! Du bist in letzter Zeit so hippelig. Das ist dieser verdammte Bürgerkrieg.

LINCOLN: Das ist nicht der Bürgerkrieg. Ich habe dem Menschen nicht geantwortet. Ich war zu sehr darauf aus, einen schnellen Lacher zu kriegen. Ich ließ zu, daß mir eine komplizierte Frage entging, nur damit ich von meinem Kabinett ein paar Gluckser einheimsen konnte. Sie hassen mich sowieso.

MARY: Sie lieben dich, Abe.

LINCOLN: Ich bin eitel. Trotzdem, es war eine schlagfertige Antwort.

MARY: Das finde ich auch. Deine Antwort war geistreich. So lang, daß sie bis an den Rumpf reichen.

LINCOLN: Bis zum Boden reichen.

MARY: Nein, du hast es anders gesagt.

LINCOLN: Nein. Was ist denn daran komisch?

MARY: Für mich ist es so viel komischer.

LINCOLN: Das ist komischer?

MARY: Klar.

LINCOLN: Mary, du weißt nicht, wovon du redest.

MARY: Die Vorstellung, wie Beine zu einem Rumpf aufsteigen ...

LINCOLN: Vergiß es! Können wir das bitte vergessen! Wo ist der Bourbon?

MARY: *(hält die Flasche zurück)* Nein, Abe. Du trinkst heute nacht nicht! Das erlaube ich nicht!

LINCOLN: Mary, was ist los mit uns? Wir hatten doch immer so viel Spaß.

MARY: *(zärtlich)* Komm her, Abe. Heute nacht ist Vollmond. Wie an dem Abend, als wir uns kennenlernten.

LINCOLN: Nein, Mary. An dem Abend, als wir uns kennenlernten, war abnehmender Mond.

MARY: Vollmond.

LINCOLN: Abnehmender.

MARY: Vollmond.

LINCOLN: Ich hol' den Kalender.

MARY: O Gott, Abe, vergiß es!

LINCOLN: Tut mir leid.

MARY: Ist es die Frage? Die Beine? Ist es immer noch das?

LINCOLN: Was meinte er wohl?

III

(Die Hütte von Will Haines und seiner Frau. Haines kommt nach einem langen Ritt heim. Alice stellt ihr Nähkörbchen ab und läuft zu ihm.)

ALICE: Na, hast du ihn gefragt? Wird er Andrew begnadigen?

WILL: *(fassungslos)* O Alice, ich habe sowas Dummes gemacht.

ALICE: *(heftig)* Was? Erzähl mir nicht, er will unseren

Sohn nicht begnadigen!

WILL: Ich hab ihn nicht gefragt.

ALICE: Du hast was?! Du hast ihn nicht gefragt?!

WILL: Ich weiß nicht, was über mich kam. Da stand er, der Präsident der Vereinigten Staaten, umgeben von bedeutenden Leuten. Seinem Kabinett, seinen Freunden. Dann sagte jemand, Mr. Lincoln, dieser Mann da ist den ganzen Tag geritten, um Sie zu sprechen. Er möchte eine Frage stellen. Die ganze Zeit während des Reitens war ich die Frage im Geiste immer wieder durchgegangen. »Mr. Lincoln, Sir, unser Sohn Andrew hat einen Fehler gemacht. Ich kann mir vorstellen, wie gefährlich das ist, auf Wache einzuschlafen, aber so einen jungen Menschen hinzurichten, erscheint so grausam. Mr. President, Sir, könnten Sie sein Urteil nicht mildern?«

ALICE: Das war die richtige Art, es zu sagen.

WILL: Aber als all die Leute mich anstarrten und der Präsident sagte: »Ja, wie ist Ihre Frage?«, da sagte ich aus irgendeinem Grund: »Mr. Lincoln, was meinen Sie, wie lang sollten die Beine eines Menschen sein?«

ALICE: Was?

WILL: Genau. Das war meine Frage. Frag mich nicht, warum sie mir rausgerutscht ist. Was meinen Sie, wie lang sollten die Beine eines Menschen sein?

ALICE: Was ist denn das für eine Frage?

WILL: Ich sag's dir ja, ich weiß es nicht.

ALICE: Die Beine? Wie lang?

WILL: O Alice, verzeih mir!

ALICE: Wie lang sollten die Beine eines Menschen sein?

Das ist die dämlichste Frage, die ich je gehört habe.

WILL: Ich weiß, ich weiß. Erinnere mich bloß nicht dauernd daran.

ALICE: Aber warum die Beinlänge? Ich meine, Beine sind doch kein Thema, das dich besonders interessiert.

WILL: Ich grabbelte nach Worten. Ich vergaß mein ursprüngliches Anliegen. Ich konnte die Uhr ticken hören. Ich wollte nicht aussehen, als wäre ich auf den Mund gefallen.

ALICE: Hat Mr. Lincoln irgendwas gesagt? Hat er geantwortet?

WILL: Ja. Er sagte, so lang, daß sie bis zum Boden reichen.

ALICE: So lang, daß sie bis zum Boden reichen? Was zum Kuckuck soll das denn heißen?

WILL: Wer weiß? Aber er kassierte einen Riesenlacher. Diese Burschen sind natürlich aufs Reagieren geeicht.

ALICE: *(wendet sich plötzlich ab)* Vielleicht wolltest du gar nicht wirklich, daß Andrew begnadigt wird.

WILL: Was?

ALICE: Vielleicht willst du tief in dir drin gar nicht, daß das Urteil unseres Sohnes gemildert wird. Vielleicht bist du eifersüchtig auf ihn.

WILL: Du bist verrückt. Mir – mir ... Ich? Eifersüchtig?

ALICE: Warum nicht? Er ist stärker. Er geht eleganter mit Pickel, Axt und Hacke um. Er hat ein Gespür für den Boden, wie ich's noch bei keinem gesehen habe.

WILL: Hör auf! Hör auf!

ALICE: Sehen wir doch der Sache ins Gesicht, William, du bist ein miserabler Bauer.

WILL: *(zittert vor panischer Angst)* Ja, ich geb's zu! Ich hasse den Ackerbau! Die Samen sehen für mich alle gleich aus! Und der Boden! Ich kann ihn nie von Dreck unterscheiden! Ja du, aus dem Osten, mit deiner feinen Bildung! Du lachst über mich. Machst dich lustig. Ich säe Rüben, und es kommt Getreide raus! Du denkst wohl, das schmerzt einen Mann nicht?!

ALICE: Wenn du nur die Samentütchen an einem kleinen Stock befestigtest, wüßtest du, was du gesät hast!

WILL: Ich möchte sterben! Alles geht schief!

(Plötzlich wird an die Tür geklopft, und als Alice sie öffnet, ist es kein anderer als Abraham Lincoln. Er ist abgekämpft und hat rote Augen.)

LINCOLN: Mr. Haines?

WILL: Präsident Lincoln ...

LINCOLN: Diese Frage –

WILL: Ich weiß, ich weiß ... wie dumm von mir! Mir fiel einfach nichts anderes ein, ich war so nervös.

(Haines fällt weinend auf die Knie. Auch Lincoln weint.)

LINCOLN: Dann hatte ich recht. Es war eine Scherzfrage.

WILL: Ja, ja ... verzeihen Sie mir ...

LINCOLN: *(hemmungslos weinend)* Das tue ich, das tue ich. Erheben Sie sich. Stehen Sie auf. Ihr Sohn wird heute begnadigt. Wie allen Jungs, die einen Fehler gemacht haben, vergeben wird.

(Er schließt das Ehepaar Haines in seine Arme)

Durch Ihre dumme Frage ist mir ein neuer Sinn für mein Leben aufgegangen. Dafür danke ich Ihnen und liebe ich Sie.

ALICE: Uns ist ja auch ein bißchen was aufgegangen, Abe. Dürfen wir Sie so nennen ...?

LINCOLN: Ja, klar, warum nicht? Leute, habt ihr irgendwas zu essen? Ein Mann reist so viele Meilen, da bietet ihm wenigstens was an.

(Während sie Brot und Käse brechen, fällt der Vorhang.)

Wir aßen für Sie im „Fabrizio's"

(Ein Meinungsaustausch in einer der Zeitungen, die etwas mehr zum Denken anregen. Fabian Plotnick, unser anspruchsvollster Restaurantkritiker, berichtete darin über Fabrizio's Villa Nova Restaurant in der Second Avenue und forderte, wie gewöhnlich, einige tiefschürfende Erwiderungen heraus).

Auf Pasta als Ausdruck des italienisch-neorealistischen Stärkemehls versteht sich Mario Spinelli, der Küchenchef im »Fabrizio's«, ganz ausgezeichnet. Spinelli knetet seine Pasta langsam. Er gestattet, daß sich Spannung bei den Gästen entwickelt, während sie dabeisitzen und ihnen die Spucke im Munde zusammenläuft. Seine Fettuccine, die zwar auf eine nachgerade mutwillige Weise bissig und naseweis sind, verdanken vieles Barzino, dessen Verwendung von Fettuccine als einem Mittel sozialer Veränderung uns allen bekannt ist. Der Unterschied ist, daß bei Barzino der Gast dazu verführt wird, weiße Fettuccine zu erwarten, und sie auch bekommt. Hier im »Fabrizio's« bekommt er grüne. Warum? Das scheint alles so grundlos. Als Gäste sind wir auf die Änderung nicht vorbereitet. Folglich macht die grüne Nudel uns nicht froh. Sie ist bestürzend in einer Weise, die der Küchenchef nicht beabsichtigt hat. Die Linguine andererseits sind ganz köstlich und absolut undidaktisch. Gewiß, ihnen haftet etwas penetrant Marxistisches an, das wird aber durch die Soße überdeckt. Spinelli ist jahrelang ein hingebungsvoller italienischer Kommunist gewesen und hat sich außerordentlich erfolgreich für seinen Marxismus stark gemacht, indem er ihn auf raffinierte Weise in Tortellini füllte.

Ich begann das Essen mit einem Antipasto, das zunächst absichtslos wirkte, aber als ich die Anchovis näher in meine Überlegungen einbezog, wurde sein Kernanliegen klarer. Versuchte Spinelli damit zu sagen, daß das ganze Leben hier in diesem Antipasto abgebildet sei, wobei die schwarzen Oliven die unerquicklichen Mahnerinnen unserer Sterblichkeit sind? Wenn ja, wo war dann die Sellerie? War sie wegzulassen Vorsatz? Im »Jacobelli's« besteht das Antipasto ausschließlich aus Sellerie. Aber Jacobelli ist ein Extremist. Er möchte unsere Aufmerksamkeit auf die Absurdität des Lebens lenken. Wer kann seine Scampi vergessen: vier knoblauchdurchtränkte Garnelen, die so angerichtet waren, daß sie mehr über unser Debakel in Vietnam aussagten als unzählige Bücher zu diesem Thema? Welch empörendes Vergehen damals! Und wie zahm wirkt das jetzt neben Gino Finocchis (von Ginos Restaurant »Vesuvio«) ›Zarter Piccata‹, einer erschreckenden, ein Meter achtzig dicken Scheibe Kalbfleisch, an der ein Stück schwarzer Chiffon hängt. (Finocchi arbeitet stets besser mit Kalbfleisch als mit Fisch oder Huhn, und es war ein schreckliches Versehen von

Time, als in der Titelstory über Robert Rauschenberg vergessen wurde, auf ihn hinzuweisen.) Spinelli ist im Gegensatz zu diesen Avantgarde-Köchen selten die große Erfüllung. Er zögert, wie zum Beispiel bei seinen Spumoni, und wenn sie kommen, sind sie natürlich zergangen. Spinellis Stil haftete immer schon eine gewisse Vorläufigkeit an – besonders der Art, wie er Spaghetti Vongole behandelt. (Vor seiner Psychoanalyse stellten Muscheln für Spinelli ein großes Schrecknis dar. Er ertrug es nicht, sie zu öffnen, und wenn er gezwungen war hineinzusehen, drehte er durch. In seinen frühen Versuchen mit Vongole sehen wir ihn sich ausschließlich mit »Muschelsurrogaten« befassen. Er benutzte Erdnüsse, Oliven und schließlich, vor seinem Zusammenbruch, kleine Radiergummis.)

Ein reizender Zug an »Fabrizio's« ist Spinellis Hühnchen ohne Knochen alla Parmigiana. Die Bezeichnung ist ironisch, denn er füllt das Hühnchen zusätzlich mit Knochen, als wolle er damit sagen, das Leben dürfe man sich nicht zu schnell oder ohne Vorsicht einverleiben. Das ständige Entfernen der Knochen aus dem Mund und ihr Ablegen auf den Teller verleiht dem Gericht einen gespenstischen Klang. Man wird sogleich an Webern erinnert, der aus Spinellis Kochkunst ständig hervorzuschauen scheint. In seiner Arbeit über Strawinsky macht Robert Craft eine interessante Feststellung über den Einfluß Schönbergs auf Spinellis Salate und Spinellis Einfluß auf Strawinskys Concerto in D für Streichorchester. Tatsächlich ist die Minestrone ein fabelhaftes Beispiel für Atonalität. Da sie mit eigentümlichen Gemüsestückchen und -bröckchen durchsetzt ist, kann der Kunde nicht umhin, mit seinem Mund Geräusche zu machen, wenn er sie trinkt. Diese Töne werden nach einem bestimmten Muster zusammengestellt und wiederholen sich in Form einer Zwölftonreihe. Als ich den ersten Abend im »Fabrizio's« war, tranken zwei Gäste, ein kleiner Junge und ein dicker Mann, gleichzeitig ihre Suppe, und die Begeisterung darüber war so groß, daß man sie stehend mit Beifall überschüttete. Als Dessert hatten wir Tortoni, und ich wurde an Leibniz' bemerkenswerten Ausspruch erinnert: »Die Monaden haben keine Fenster«. Wie passend! Die Preise im »Fabrizio's« sind, wie Hannah Arendt mir einmal sagte, »vernünftig, ohne historisch unvermeidbar zu sein.« Dem stimme ich zu.

An die Redaktion:
Fabian Plotnicks Einblicke in Fabrizio's Villa Nova Restaurant sind verdienstvoll und klar. Der einzige Punkt, der in seiner scharfsinnigen Analyse fehlt, ist folgender: Obwohl das »Fabrizio's« ein von einer Familie geführtes Restaurant ist, entspricht diese nicht der klassischen Struktur italienischer Kernfamilien, sondern sie setzt sich nach dem Vorbild der Familien von Grubenarbeitern der walisischen Mittelschicht in der Zeit vor der Industriellen Revolution zusammen. Fabrizio's Beziehungen zu seiner Frau und seinen Söhnen sind kapitalistisch und bezugsgruppenorientiert. Das Sexualverhalten des Personals ist typisch viktorianisch – insbesonders das des Mädchens, das die Registrierkasse bedient. Die Arbeitsbedingungen spiegeln auch die Problematik englischer Fabrikarbeit,

und die Kellner müssen oft acht bis zehn Stunden am Tag bedienen, mit Servietten, die den allgemein üblichen Sicherheitsbestimmungen keineswegs entsprechen.

Dove Rapkin

An die Redaktion:

In seinem Bericht über Fabrizio's Villa Nova Restaurant nennt Fabian Plotnick die Preise »vernünftig«. Aber würde er Eliots Vier Quartette ebenfalls »vernünftig« nennen? Eliots Rückkehr zu einer früheren Stufe der Lehre vom Logos spiegelt die in der Welt immanente Vernunft wider, aber tun das auch 8,50 Dollar für Hühnchen Tetrazzini? Das ergibt keinen Sinn, selbst nicht aus katholischer Sicht. Ich weise Mr. Plotnick auf den Artikel in *Encounter* (2/58) hin, der den Titel »Eliot, Wiedergeburt und Zuppa di vongole« trägt.

Eino Schmiederer

An die Redaktion:

Was Mr. Plotnick bei seiner Besprechung von Mario Spinellis Fettuccine in Betracht zu ziehen unterläßt, ist natürlich die Größe der Portionen oder, um es deutlicher zu sagen, die Menge der Nudeln. Es gibt unverkennbar so viele Nudeln in ungerader Anzahl wie alle ungerade oder gerade zählenden Nudeln zusammen. (Deutlich ein Paradox.) Die Logik versagt im Linguistischen, und folglich kann Mr. Plotnick das Wort »Fettuccine« nicht mit der gebotenen Exaktheit verwenden. Die Fettuccine werden zum Symbol: das heißt, setzen wir Fettuccine = x, dann ist $a = \frac{x}{b}$ (wobei b für eine konstant gleiche Menge im Verhältnis zur Hälfte jedes Zwischengerichts steht). Aufgrund dieser Logik würde man sagen müssen: Fettuccine *sind* Linguine! Wie lächerlich! Der Satz kann selbstverständlich nicht »Die Fettuccine waren köstlich« heißen. Er muß vielmehr lauten: »Fettuccine und Linguine sind keine Rigatoni«. Wie Gödel immer und immer wieder erklärt hat: »Alles muß in ein logisches Kalkül übertragen werden, ehe es gegessen wird.«

Prof. Word Babcocke
Massachusetts Institute of Technology

An die Redaktion:
Mit großem Interesse habe ich Fabian Plotnicks Bericht über Fabrizio's Villa Nova gelesen und halte ihn für ein weiteres bestürzendes Beispiel revisionistischer Geschichtsauffassung von heute. Wie rasch wir doch vergessen, daß in der schlimmsten Periode der stalinistischen Säuberungen »Fabrizio's« nicht allein für den Geschäftsbetrieb geöffnet war, sondern auch sein Hinterzimmer vergrößerte, um mehr Gästen Platz zu bieten! Niemand dort hat auch nur ein Wort über die politische Unterdrückung der Sowjets verloren. Ja, als das Komitee zur Befreiung sowjetischer Dissidenten »Fabrizio's« ersuchte, die Gnocchi aus der Speisekarte wegzulassen, bis die Russen Gregor Tomschinski, den bekannten trotzkistischen Schnellkoch, freigelassen hätten, weigerten sie sich. Tomschinski hatte bis dahin zehntausend Seiten Rezepte zusammengetragen, die sämtlich vom NKWD konfisziert wurden.

»Mitwirkung am Sodbrennen eines Minderjährigen« war der klägliche Vorwand, den der sowjetische Gerichtshof benutzte, um Tomschinski zur Zwangsarbeit zu schikken. Wo waren da alle die sogenannten Intellektuellen im »Fabrizio's«? Das Garderobenfräulein Tina unternahm nie auch nur den geringsten Versuch, ihre Stimme zu erheben, als die Garderobenmädchen in der gesamten Sowjetunion von ihren Wohnorten weggeholt und gezwungen wurden, für stalinistische Rowdies die Kleider aufzuhängen. Ich könnte noch hinzufügen, daß, als Dutzende sowjetischer Physiker beschuldigt wurden, zuviel zu essen, und darauf ins Gefängnis kamen, viele Restaurants aus Protest schlossen, nur »Fabrizio's« erhielt seinen normalen Betrieb aufrecht und führte sogar als Service ein, daß nach dem Essen gratis Pfefferminzbonbons gereicht wurden! Ich selbst aß in den dreißiger Jahren im »Fabrizio's« und sah, daß es eine Brutstätte kompromißloser Stalinisten war, die arglosen Leuten, die Pasta bestellt hatten, Blinis zu servieren versuchten. Zu sagen, daß die meisten Gäste nicht wußten, was in der Küche vor sich ging, ist absurd. Wenn jemand Scungilli bestellte und Blintze gereicht bekam, dann war doch ganz klar, was da lief. Die Wahrheit ist, die Intellektuellen zogen es einfach vor, den Unterschied nicht zu sehen. Ich speiste dort einmal mit Professor Gideon Cheops, dem ein komplettes russisches Menü serviert wurde, das aus Borschtsch, Huhn ›Kiew‹ und Halwa bestand – worauf er zu mir sagte: »Sind diese Spaghetti nicht köstlich?«

Prof. Quincy Mondragon
New York University

Fabian Plotnick antwortet:
Mr. Schmiederer gibt zu erkennen, daß er weder von Restaurantpreisen noch von den »Vier Quartetten« etwas versteht. Eliot war der Meinung, 7,50 Dollar für ein gutes Hühnchen Tetrazzini seien (ich zitiere aus einem Interview in der *Partisan Review*) »nicht unbillig«. Tatsächlich schreibt Eliot in »The Dry Salvages« gerade diesen Gedanken Krishna zu, wenn auch nicht genau mit diesen Worten.
Ich bin Dove Rapkin für seine Bemerkungen zur Kernfamilie dankbar, ebenso Professor Babcocke für seine scharfsinnige linguistische Analyse, obgleich ich seine Gleichung in Frage stellen und lieber das folgende Modell vorschlagen möchte:

a) einige Pastasorten sind Linguine

b) alle Linguine sind keine Spaghetti

c) alle Spaghetti sind keine Pasta, folglich sind alle Spaghetti Linguine.

Wittgenstein benutzte das obige Modell zum Beweis der Existenz Gottes, und Bertrand Russel benutzte es später, nicht nur um zu beweisen, daß Gott existiert, sondern auch, daß er Wittgenstein hat zu kurz wegkommen lassen.

Zum Schluß zu Professor Mondragon. Es stimmt, daß Spinelli in den dreißiger Jahren in der Küche des »Fabrizio's« arbeitete – vielleicht länger als er hätte sollen. Dennoch macht es ihm sicherlich Ehre, daß, als der berüchtigte Ausschuß zur Untersuchung Unamerikanischer Umtriebe ihn drängte, auf seinen Speisekarten die Formulierung »Schinken und Melone« in die politisch weniger heikle Benennung »Schinken und Feigen« umzuändern, er den Fall vor den Obersten Gerichtshof brachte und die mittlerweile berühmte Regelung erzwang: »Vorspeisen haben das Recht auf umfassenden Schutz durch den Ersten Satz der Menschenrechte«.

Die Vergeltung

Daß Connie Chasen meine verhängnisvolle Schwäche für sie im ersten Augenblick erwiderte, war ein Wunder ohnegleichen in der Geschichte von Central Park West. Groß, blond, mit hohen Wangenknochen, Schauspielerin, Gelehrte, Zauberin, unbestreitbar entfremdet, mit aggressivem, scharfsinnigem Witz begabt, der in seiner Anziehungskraft allein durch die laszive, schwüle Erotik in den Schatten gestellt wurde, die jede ihrer Rundungen ahnen ließ, war sie der konkurrenzlose Wunschtraum jedes jungen Mannes auf der Party. Daß sie auf mich verfiele, Harold Cohen, einen hageren, langnasigen, vierundzwanzigjährigen angehenden Dramatiker und Jammerer, war so unlogisch wie ein richtiger Schluß aus acht falschen Prämissen. Sicher, ich gehe gewandt mit der Pointe um und kann wohl ein Gespräch über viele verschiedene Themen in Gang halten, und doch war ich überrascht, daß dieses großzügig bemessene Geschöpf sich so schnell und vollständig auf meine mickrigen Gaben einlassen konnte.

»Du bist phantastisch«, sagte sie nach einem etwa einstündigen mitreißenden Gedankenaustausch zu mir, während wir an einem Bücherschrank lehnten und Valpolicella und Häppchen einwarfen. »Ich hoffe, du rufst mich mal an.«

»Dich anrufen? Ich würde gern auf der Stelle mit dir nach Hause gehen.«

»Na fabelhaft«, sagte sie und lächelte kokett. »Ehrlich gesagt habe ich gar nicht gedacht, ich machte Eindruck auf dich.«

Ich tat ganz gleichgültig, während das Blut durch meine Arterien auf voraussagbare Bestimmungsorte zu rollte. Ich wurde rot, eine alte Gewohnheit.

»Ich finde dich Spitze«, sagte ich, womit ich sie noch leuchtender zum Glühen brachte. Eigentlich war ich überhaupt nicht vorbereitet auf so eine plötzliche Einwilligung. Meine vom Wein befeuerte Dreistigkeit war ein Versuch gewesen, das Fundament für die Zukunft zu legen, so daß es, wenn ich wirklich auf ihr Boudoir anspielen würde, sagen wir, zu irgendeinem diskreten späteren Zeitpunkt, nicht ganz aus heiterem Himmel käme und irgendwelche leidvoll geknüpften platonischen Bande verletzte. Doch, zaghaft, schuldgeplagt, Schwarzmaler, der ich bin, diese Nacht mußte mir gehören. Connie Chasen und ich fühlten uns in einer Weise zueinander hingezogen, die nicht zu verleugnen war, und eine kleine Stunde später wanden wir uns in Ballettfiguren durch die Laken und vollführten mit totalem Gefühlsengagement die absurde Choreografie menschlicher Leidenschaft. Für mich war es die erotischste und befriedigendste Liebesnacht, die ich je erlebt hatte, und als sie hinterher entspannt und zufrieden in meinen Armen lag, dachte ich gründlich darüber nach, wie wohl das Schicksal mir seine unvermeidlichen Gegenforderungen abverlangen werde. Würde ich bald blind werden? Oder querschnittsgelähmt? Welchen gräßlichen Preis würde Harold Cohen zu blechen gezwungen sein, damit das Universum weiter seine harmonischen Runden zöge? Aber das sollte alles später kommen.

In den folgenden vier Wochen platzten keine Seifenblasen. Connie und ich erkundeten uns gegenseitig und freuten uns an jeder neuen Entdeckung. Ich fand sie temperamentvoll, aufregend und aufgeschlossen; ihre Phantasie war erfinderisch und ihre Bemerkungen gebildet und abwechlungsreich. Sie konnte über Novalis diskutieren und aus der Rigweda zitieren. Den Text jedes Liedes von Cole Porter wußte sie auswendig. Im Bett war sie unverkrampft und versuchsfreudig, ein echtes Kind der Zukunft. Auf der Minusseite mußte man schon kleinlich sein, um Fehler zu finden. Klar, sie konnte launenhaft sein wie eine kleine Göre. Im Restaurant änderte sie unweigerlich ihre Bestellung, und zwar immer viel später als es sich gehörte. Stets wurde sie wütend, wenn ich sie darauf hinwies, daß das dem Kellner oder Koch gegenüber nicht ausgesprochen nett sei. Ebenso wechselte sie jeden zweiten Tag ihre Diät; sie hing mit ganzem Herzen an einer und verwarf sie dann zugunsten irgendeiner neuen, neumodischen Theorie über das Abnehmen. Nicht daß sie auch nur im entferntesten zu viel gewogen hätte. Ganz im Gegenteil. Um ihre Figur hätte sie ein Vogue-Mannequin beneidet, und doch trieb sie ein Minderwertigkeitskomplex, der es mit dem Franz Kafkas aufnehmen konnte, in Ausbrüche quälender Selbstkritik. Wenn man sie so reden hörte, war sie ein pummeliges kleines Nichts, das kein Recht darauf hatte zu versuchen, eine Schauspielerin zu sein, und noch viel weniger, sich an Tschechow zu vergreifen. Meine Beteuerungen waren vorsichtig ermutigend, und ich ließ sie weiterplätschern, obgleich ich das Gefühl hatte, wenn Connies berückende Wirkung nicht aus meiner verzückten Freude über ihr Gehirn und ihren Körper ersichtlich würde, dann wäre alles Reden der Welt nicht überzeugend.

Im Laufe von etwa sechs Wochen einer herrlichen Romanze kam ihre Unsicherheit eines Tages in voller Größe zum Vorschein. Ihre Eltern wollten in Connecticut eine Grillparty veranstalten, und ich sollte endlich ihre Familie kennenlernen.

»Dad ist phantastisch«, sagte sie voll Verehrung, »und sieht phantastisch aus. Und Mom ist hübsch. Deine Eltern auch?«

»Hübsch würde ich nicht sagen«, gestand ich. Eigentlich hatte ich eine ziemlich vage Vorstellung vom körperlichen Äußeren meiner Familie, wobei mir die Verwandten von der Seite meiner Mutter wie etwas vorkamen, was normalerweise in Petrischalen gezogen wird. Ich war sehr streng gegen meine Familie, und wir neckten uns alle auch ständig gegenseitig und stritten uns, aber hingen aneinander. Wirklich, eine Nettigkeit war mein ganzes Leben lang nicht von den Lippen irgendeines Familienmitglieds gefallen, und ich nehme an, das geschah auch nicht, seit Gott seinen Bund mit Abraham geschlossen hatte.

»Meine Angehörigen streiten sich nie«, sagte sie. »Sie

trinken, sind aber wirklich höflich. Und Danny ist nett.« Ihr Bruder. »Ich meine, er ist komisch, aber lieb. Er schreibt Musik.«

»Ich freue mich, daß ich sie alle kennenlerne.«

»Ich hoffe, du verguckst dich nicht in meine kleine Schwester Lindsay.«

»Na klar.«

»Sie ist zwei Jahre jünger als ich und so gescheit und sexy. Jeder ist ganz verrückt nach ihr.«

»Klingt eindrucksvoll«, sagte ich. Connie streichelte mein Gesicht.

»Ich hoffe, du magst sie nicht lieber als mich«, sagte sie in halbwegs ernstem Ton, der ihr die Möglichkeit gab, dieser Furcht taktvoll Ausdruck zu geben.

»Ich würde mir keine Gedanken machen«, versicherte ich ihr.

»Nein? Drei heilige Eide?«

»Macht ihr beiden euch gegenseitig Konkurrenz?«

»Nein. Wir lieben uns. Aber sie hat ein Engelsgesicht und einen sinnlichen, rundlichen Körper. Sie geht nach Mom. Und sie hat einen wirklich irrsinnigen IQ und viel Sinn für Humor.«

»Du bist schön«, sagte ich und küßte sie. Aber ich muß zugeben, den Rest des Tages gingen mir Traumvorstellungen der einundzwanzigjährigen Lindsay Chasen nicht mehr aus dem Sinn. Gott im Himmel, dachte ich, was ist nur, wenn sie wirklich dieses Wunderkind ist? Was, wenn sie tatsächlich so unwiderstehlich ist, wie Connie sie beschreibt? Könnte ich mich vielleicht nicht doch verlieben? So wankelmütig wie ich bin – könnte nicht der süße Körperduft und das klingende Lachen eines sagenhaften angelsächsischen, protestantischen Mittelschichtskindes aus Connecticut mit dem Namen Lindsay – Lindsay auch noch! – diesen hingerissenen, doch nicht verpfändeten Kopf von Connie weg und neuem Unheil zuwenden? Schließlich kannte ich Connie erst seit sechs Wochen, und obwohl ich eine wundervolle Zeit mit dieser Frau erlebt hatte, so hatte sie mich doch wirklich noch nicht vor Liebe um meinen Verstand gebracht. Dennoch, Lindsay würde ganz schön verteufelt toll sein müssen, um in dem schwindelerregenden Getose aus Gekichere und Lust, das diese vergangenen Wochen zu so einem Festgelage gemacht hatte, ein kleines Wellengekräusel zu erregen.

An dem Abend schlief ich mit Connie, aber als ich einschlief, war es Lindsay, die durch meine Träume wanderte. Die süße kleine Lindsay, das bewundernswerte Phi-Beta-Kappa-Mädchen mit dem Gesicht eines Filmstars und dem Charme einer Prinzessin. Ich wälzte und drehte mich und wachte mitten in der Nacht mit einem seltsamen Gefühl der Erregung und Vorahnung auf.

Am Morgen legten sich meine Träume, und nach dem Frühstück machten Connie und ich uns mit Wein und Blumen im Gepäck nach Connecticut auf. Wir fuhren durch das herbstliche Land, hörten Vivaldi auf FM und tauschten unsere Beobachtungen über die »Feuilleton-und-Freizeit«-Beilage des Tages aus. Dann, Augenblicke, bevor wir durch das Haupttor des Chasen-Anwesens Lyme fuhren, fragte ich mich noch einmal, ob ich wohl drauf und dran sei, mich von dieser fabelhaften kleinen

Schwester aus der Fassung bringen zu lassen.

»Ist Lindsays Freund auch da?« fragte ich in forschendem, schuldersticktem Falsett.

»Sie haben Schluß gemacht«, erklärte Connie. »Lindsay verbraucht einen pro Monat. Sie ist eine Herzensbrecherin.« Hmm, dachte ich, zu allem anderen ist die junge Frau auch noch zu haben. Könnte sie wirklich aufregender als Connie sein? Mir schien das kaum glaublich, und doch versuchte ich, mich auf jede Eventualität vorzubereiten. Jede, natürlich bis auf die eine, die an dem frischen, klaren Sonntagnachmittag dann eintrat.

Connie und ich gingen hinüber zum Grillplatz, wo kräftig geschmaust und getrunken wurde. Ich lernte die Familie kennen, einen nach dem anderen, wie sie zwischen ihre eleganten, reizenden Grüppchen verteilt waren, und obgleich ihre Schwester Lindsay tatsächlich genauso war, wie Connie sie beschrieben hatte – hübsch, offenherzig, eine Freude, sich mit ihr zu unterhalten –, zog ich sie Connie nicht vor. Von den beiden fühlte ich mich nach wie vor von der älteren Schwester weit mehr hingerissen als von der einundzwanzigjährigen Vassar-Absolventin. Nein, die, an die ich an diesem Tage hoffnungslos mein Herz verlor, war keine andere als Connies bezaubernde Mutter, Emily.

Emily Chasen, fünfundfünfzig, mollig, sonnengebräunt, hinreißendes Pioniergesicht mit straff nach hinten gekämmtem ergrauendem Haar und runden, üppigen Kurven, die sich in makellosen Wölbungen kundtaten wie bei einem Brandcusi. Die attraktive Emily, deren imposantes unschuldiges Lächeln und ungeheures, aus der

Brust aufsteigendes Lachen sich vereinten, um unwiderstehliche Wärme und ein verführerisches Flair von ihr ausgehen zu lassen.

Was es für Protoplasma in dieser Familie gibt, dachte ich. Welche preiswürdigen Gene! Miteinander harmonisierende Gene obendrein, denn Emily Chasen schien mit mir genauso ungezwungen umzugehen wie ihre Tochter. Sie hatte deutlich Freude daran, sich mit mir zu unterhalten, und ich nahm ihre Zeit allein für mich in Anspruch und kümmerte mich nicht um die Bedürfnisse der anderen Gäste des Nachmittags. Wir sprachen über Fotografie (ihr Hobby) und Bücher. Sie las gerade mit großem Vergnügen ein Buch von Joseph Heller. Sie fand es lustig, und mit ihrem gewinnenden Lachen sagte sie, während sie mein Glas füllte: »Mein Gott, ihr Juden seid wirklich exotisch.« Exotisch? Sie sollte nur mal die Grünblatts kennenlernen. Oder Mr. und Mrs. Scharfstein, die Freunde meines Vaters. Oder vielleicht auch meinen Vetter Tovah. Exotisch? Ich meine, sie sind heikel, aber kaum exotisch mit ihrem endlosen Gezänk über die beste Art, Verdauungsstörungen zu bekämpfen, oder darüber, wie weit weg vom Fernseher man sitzen solle.

Emily und ich sprachen Stunden über Filme, erörterten meine Theaterhoffnungen und ihr neuerwachtes Interesse an der Herstellung von Collagen. Offensichtlich hatte diese Frau viele schöpferische und intellektuelle Bedürfnisse, die aus dem einen oder anderen Grund in ihr eingeschlossen blieben. Doch klar sichtbar war sie nicht unglücklich über ihr Leben, so wie sie und ihr Mann, John Chasen, eine ältere Spielart des Mannes, von dem man gern sein Flugzeug steuern ließe, wie verliebte Täubchen turtelten und tranken. Wirklich, im Vergleich zu meinen eigenen Eltern, die unbegreiflicherweise vierzig Jahre lang miteinander verheiratet waren (wahrscheinlich aus Trotz), erschienen Emily und John wie das Ehepaar aus dem Bilderbuch. Meine Familie konnte selbstverständlich ohne Beschuldigungen und Gegenbeschuldigungen unmittelbar vor der gegenseitigen Artilleriebeschießung noch nicht mal über das Wetter reden.

Als es Zeit wurde, nach Hause zu fahren, war ich recht bekümmert, und ich fuhr ab mit Träumen von Emily, die vollkommen von meinen Gedanken und Plänen beherrscht wurden.

»Sie sind doch lieb, nicht wahr?« fragte Connie, als wir in Richtung Manhattan rasten.

»Sehr«, stimmte ich bei.

»Ist Dad nicht unwiderstehlich? Er ist wirklich amüsant.«

»Hmm.« Ich mußte gestehen, ich hatte kaum zehn Sätze mit Connies Dad gewechselt.

»Und Mom sah heute phantastisch aus. Besser als lange schon. Sie hat mit Grippe krankgelegen.«

»Sie ist wirklich toll«, sagte ich.

»Ihre Fotos und Collagen sind sehr gut«, sagte Connie. »Ich wollte, Dad machte ihr mehr Mut, statt so altmodisch zu sein. Künstlerische Kreativität macht einfach keinen Eindruck auf ihn. Hat sie noch nie.«

»Zu schade«, sagte ich. »Ich hoffe, es ist für deine Mutter über all die Jahre nicht zu enttäuschend gewesen.«

»Aber ja«, sagte Connie. »Und Lindsay? Hast du dich

in sie verliebt?«

»Sie ist entzückend – aber nicht deine Klasse. Zumindest, wenn du mich fragst.«

»Ich bin erleichtert«, sagte Connie lachend und küßte mich leicht auf die Wange. Das himmelschreiende Miststück, das ich bin, konnte ich ihr natürlich nicht erzählen, daß es ihre unglaubliche Mutter war, die ich wiedersehen wollte. Ja selbst beim Fahren tickte und blinkte mein Verstand wie ein Computer voller Hoffnung, irgendeinen Plan auszuhecken, wie ich mehr Zeit für diese überwältigende, wundervolle Frau herausschinden könnte. Wenn man mich gefragt hätte, wohin das meiner Meinung nach führen sollte, ich hätte es wahrhaftig nicht sagen können. Ich wußte nur, als ich durch die kalte, nächtliche Herbstluft fuhr, daß irgendwo Freud, Sophokles und Eugen O'Neill ihre helle Freude hatten.

Die nächsten paar Monate über gelang es mir, Emily Chasen viele Male zu sehen. Normalerweise waren wir ganz unschuldig mit Connie zu dritt, wobei wir uns mit Emily in der Stadt trafen und in ein Museum oder Konzert gingen. Ein- oder zweimal machte ich mit ihr etwas allein, weil Conny zu tun hatte. Connie entzückte das – daß ihre Mutter und ihr Liebhaber so gute Freunde seien. Einmal oder zweimal richtete ich es so ein, daß ich »durch Zufall« auch dort aufkreuzte, wo Emily war, und erreichte so, daß ich mit ihr anscheinend unvorhergesehen einen Spaziergang machte oder Drinks nahm. Es war offenkundig, daß sie an meiner Gesellschaft Spaß hatte, da ich teilnehmend ihren künstlerischen Bestrebungen lauschte und herzlich über ihre Witze lachte. Wir sprachen über Musik und Literatur und das Leben, und meine Ansichten unterhielten sie durchweg köstlich. Es war auch offensichtlich, daß der Gedanke, mich als irgend etwas mehr als nur als neuen Freund zu betrachten, ihrem Bewußtsein nicht fern lag. Oder wenn, dann tat sie jedenfalls nie so als ob. Doch was konnte ich schon erwarten? Ich lebte mit ihrer Tochter zusammen. Lebte ehrbar mit jemandem in einer zivilisierten Gesellschaft zusammen, in der bestimmte Tabus beachtet werden. Was stellte ich mir schließlich eigentlich vor, was diese Frau sei? Irgendein verworfener Vamp aus dem deutschen Film, der den Liebhaber ihres eigenen Kindes verführt? Ehrlich, ich bin sicher, ich hätte allen Respekt vor ihr verloren, wenn sie Gefühle für mich gestanden oder sich irgendwie anders als unnahbar verhalten hätte. Und trotzdem war ich wahnsinnig vernarrt in sie. Das steigerte sich zu echtem Verlangen, und entgegen aller Logik betete ich um irgendeinen winzigen Fingerzeig, daß ihre Ehe doch nicht so vollkommen sei wie es schien, oder daß Emily, sollte sie auch widerstehen, sich unsterblich in mich verliebt hätte. Es gab Zeiten, da liebäugelte ich mit dem Gedanken, selber einen halbherzigen Angriff zu unternehmen, aber da formten sich vor meinem geistigen Auge Riesenüberschriften in der Regenbogenpresse, und ich zuckte entsetzt vor jeder Tat zurück.

In meiner Qual wünschte ich so dringend, ich könnte diese verworrenen Gefühle Connie offen und ehrlich auseinandersetzen und beim Ordnen dieses qualvollen Durcheinanders von ihr Hilfe erhoffen, aber ich fühlte, das führte nur zu einem Blutbad. Und statt mich männlich und aufrichtig zu benehmen, schnupperte ich wie ein Frettchen nach Winken und Zeichen herum, aus denen ich Emilys Gefühle mir gegenüber erschließen könnte.

»Ich bin mit deiner Mutter in der Matisse-Ausstellung gewesen«, sagte ich eines Tages zu Connie.

»Ich weiß«, sagte sie, »Es hat ihr großartig gefallen.«

»Sie ist eine beneidenswerte Frau. Scheint glücklich zu sein. Eine gute Ehe.«

»Ja.« Pause.

»Also, äh – hat sie irgendwas zu dir gesagt?«

»Sie sagte, ihr zwei hättet hinterher ein phantastisches Gespräch gehabt. Über ihre Fotografien.«

»Ja, richtig.« Pause. »Sonst noch was? Über mich? Ich meine, ich hatte das Gefühl, ich könnte ihr vielleicht auf die Nerven gehen.«

»Lieber Gott, nein. Sie betet dich an.«

»Ja?«

»Danny verbringt mehr und mehr Zeit mit Dad, da sieht sie dich halt irgendwie als einen Sohn an.«

»Ihren Sohn?!« sagte ich erschüttert.

»Ich denke, sie hätte gern einen Sohn gehabt, der so interessiert an ihrer Arbeit ist wie du. Ein echter Kamerad. Mehr dem Geistigen zugeneigt als Danny. Ein bißchen einfühlsamer ihren künstlerischen Bedürfnissen gegenüber. Ich denke, du erfüllt diese Rolle für sie.«

An dem Abend war ich miserabel gelaunt, und während ich mit Connie zu Hause vor dem Fernseher saß, sehnte sich mein Körper wieder schmerzlich danach, sich in leidenschaftlicher Zärtlichkeit gegen diese Frau zu drücken, die mich offenbar als nichts Gefährlicheres betrachtete denn als ihren Sohn. Oder doch nicht? War das nicht bloß eine vage Vermutung Connies? Könnte Emily nicht hingerissen sein, wenn sie dahinterkäme, daß ein Mann, viel jünger als ihrer, sie schön und sexy und bezaubernd finde und sich danach sehne, mit ihr eine Affäre zu haben, die etwas ganz anderes wäre als eine unbestimmte Sohnbeziehung? Bestand nicht die Möglichkeit, daß eine Frau in ihrem Alter, besonders eine, deren Mann nicht übermäßig empfänglich für ihre tiefsten Empfindungen war, die Aufmerksamkeit eines leidenschaftlichen Bewunderers willkommen hieße? Und könnte ich nicht vielleicht, in meiner kleinbürgerlichen Vergangenheit befangen, zu viel Wesens um den Umstand machen, daß ich mit ihrer Tochter zusammenlebte? Schließlich kommen merkwürdigere Dinge vor. Sicherlich unter Temperamenten, die mit tieferer künstlerischer Inbrunst begabt sind. Ich mußte die Angelegenheit lösen und endlich einen Schlußstrich unter diese Gefühlsregungen setzen, die die Ausmaße einer Zwangsvorstellung angenommen hatten. Die Situation forderte einen zu schweren Tribut von mir, und es war Zeit, daß ich handelte oder mir die Sache aus dem Kopf schlug. Ich beschloß zu handeln.

Vergangene erfolgreiche Feldzüge legten mir sogleich die geeignete Marschroute nahe. Ich würde sie ins »Trader Vic's« lotsen, diese dämmrige, narrensichere polynesische Vergnügungshöhle, wo es dunkle, verheißungsvolle Winkel in Hülle und Fülle gab und trügerisch milde Rumdrinks die wilde Lust aus ihrem Kerker freiließen. Ein paar Mai Tais, und es liefe wie gehabt. Eine Hand auf das Knie. Ein plötzlicher ungestümer Kuß. Ineinander verschlungene Finger. Der Wunderfusel würde seinen verläßlichen Zauber tun. Er hatte mich in der Vergangenheit noch nie im Stich gelassen. Selbst wenn das arglose Opfer mit hochgezogenen Augenbrauen zurückzuckte, konnte man sich mit Anstand aus der Affäre ziehen, indem man alles der Wirkung dieses Inselgebräus zuschob.

»Verzeih mir«, konnte ich mich herausreden, »ich bin einfach so bedudelt von dem Zeug. Ich weiß gar nicht, was ich tue.«

Ja, die Zeit für höflichen Schnickschnack sei vorbei, dachte ich mir. Ich bin in zwei Frauen verliebt, kein so schrecklich ungewöhnliches Problem. Daß sie zufällig Mutter und Tochter sind? Eine desto größere Herausforderung! Langsam wurde ich hysterisch. Doch von so glühender Zuversicht ich in dem Augenblick auch war, ich muß zugeben, daß sich die Dinge schließlich nicht ganz wie geplant ereigneten. Klar, wir verzogen uns eines kalten Februarnachmittags ins »Trader Vic's«. Wir sahen auch einander in die Augen und wurden poetisch angesichts des Lebens, während wir riesige, schaumig-weiße Gesöffe in uns reinkippten, in denen winzige hölzerne, in Ananaswürfel gepiekte Sonnenschirmchen schwammen – aber hier hörte es auch auf. Und das tat es, weil ich trotz der Freisetzung meiner unedleren Triebe fühlte, das werde Connie total vernichten. Am Ende war es mein eigenes Schuldbewußtsein – oder genauer, meine Rückkehr zur Vernunft –, die mich daran hinderte, die besagte Hand auf Emily Chasens Bein zu legen und meinen finsteren Begierden freien Lauf zu lassen. Daß ich mir plötzlich vor Augen führte, ich sei nur ein verrückter Schwärmer, der in Wahrheit Connie liebe und es niemals darauf ankommen lassen dürfe, sie auf irgendeine Weise zu verletzen, brachte mich zur Strecke. Ja, Harold Cohen war ein viel konventionellerer Typ, als er uns glauben machen wollte. Und viel verliebter in seine Freundin, als er Lust hatte zuzugeben. Diese Schwärmerei für Emily Chasen mußte abgeheftet und vergessen werden. So schmerzlich es vielleicht auch wäre, meine Regungen gegenüber Connies Mom unter Kontrolle zu bringen – Vernunft und bescheidene Rücksichtnahme würden den Vorrang haben.

Nach einem wunderschönen Nachmittag, dessen krönender Abschluß das wilde Küssen von Emilys ansehnlichen und einladenden Lippen hätte sein sollen, ließ ich die Rechnung kommen und machte Schluß mit der Geschichte. Lachend gingen wir in das leichte Schneetreiben hinaus, und als ich sie an ihren Wagen gebracht hatte, sah ich ihr nach, wie sie sich in Richtung Lyme auf den Weg machte. Ich dagegen kehrte nach Hause zu ihrer Tochter zurück, mit einem neuen, tieferen Gefühl der Wärme für diese Frau, die nächtens das Bett mit mir teilte. Das Leben ist wirklich verworren, dachte ich. Die Gefühle sind so unvorhersehbar. Wie schafft das jemand, vierzig Jahre verheiratet zu sein? Das, scheint's, hat mehr von einem Wunder als die Teilung des Roten Meeres, obwohl mein Vater in seiner Naivität diese für die bedeutendere Leistung hält. Ich küßte Connie und gestand ihr die Tiefe meiner Zuneinung. Sie antwortete darauf. Wir schliefen miteinander.

Überblendung, wie es beim Film heißt, auf ein paar

Monate später. Connie ist nicht mehr in der Lage, mit mir zu schlafen. Und warum? Ich selber habe es dahin gebracht, wie der tragische Held eines griechischen Schauspiels. Unser Sex begann vor Wochen, ganz allmählich nachzulassen.

»Was ist los?« fragte ich. »Hab ich was verkehrt gemacht?«

»Lieber Gott, nein, es liegt nicht an dir. Teufel nochmal.«

»Was dann? Sag's mir.«

»Ich habe einfach keine Lust dazu«, sagte sie. »Müssen wir denn *jede* Nacht?« Dieses ›jede Nacht‹, worauf sie anspielte, war in Wirklichkeit nur ein paar Nächte pro Woche und bald noch weniger.

»Ich kann nicht«, sagte sie schuldbewußt, wenn ich versuchte, sie in Stimmung zu bringen. »Du weißt doch, ich mach 'ne schlechte Zeit durch.«

»Was für eine schlechte Zeit?« fragte ich ungläubig. »Hast du noch jemand anderen?«

»Natürlich nicht.«

»Liebst du mich?«

»Ja. Ich wollte, ich tät's nicht.«

»Was dann? Warum dieses Abwenden? Und wird's nicht besser, wird's noch schlimmer.«

»Ich kann nicht mit dir schlafen«, gestand sie mir eines Nachts. »Du erinnerst mich an meinen Bruder.«

»Bitte?«

»Du erinnerst mich an Danny. Frag mich nicht, warum.«

»An deinen Bruder? Du machst doch einen Witz!«

»Nein.«

»Aber er ist ein dreiundzwanzigjähriger blonder protestantischer Angelsachse, der in der Anwaltspraxis deines Vaters arbeitet, und ich erinnere dich an ihn?«

»Es ist, als ginge ich mit meinem Bruder ins Bett«, weinte sie.

»Okay, okay, weine nicht, Wir kriegen das schon hin. Ich muß ein paar Aspirin nehmen und mich hinlegen. Ich fühl mich nicht gut.« Ich preßte die Hände auf meine pochenden Schläfen und tat, als wäre ich total von den Socken, aber mir war natürlich klar, daß meine starke Beziehung zu ihrer Mutter mich von Connie aus gesehen in gewisser Weise in die Bruderrolle gedrängt hatte. Das Schicksal übte Vergeltung. Qualen sollte ich leiden wie Tantalus, nur Zentimeter entfernt von Connie Chasens anmutigem, sonnengebräuntem Körper, doch außerstande, sie anzufassen, ohne aus ihr zumindest vorderhand die klassische Verwünschung »Ach Quatsch!« hervorzulocken. Bei der undurchschaubaren Rollenverteilung, die sich in allen unseren Gefühlsdramen ereignet, war ich plötzlich zum Geschwisterchen geworden.

Verschiedene Stadien des Schmerzes kennzeichneten die nächsten Monate. Zunächst der Schmerz, im Bett zurückgewiesen zu werden. Dann, daß wir uns sagten, der Zustand sei vorübergehend. Damit einher ging ein Versuch meinerseits, verständig zu sein, geduldig zu sein. Ich erinnerte mich, einmal im College nicht imstande gewesen zu sein, es mit einer aufregenden Mieze, mit der ich mich verabredet hatte, zu treiben, weil irgendeine undefinierbare Drehung ihres Kopfes mich an meine Tante

Rifka erinnerte. Dieses Mädchen war viel hübscher gewesen als die karnickelgesichtige Tante aus meiner Kinderzeit, aber die Vorstellung, mit der Schwester meiner Mutter zu schlafen, zerstörte den Augenblick unwiderruflich. Ich wußte, was Connie durchmachte, und dennoch steigerte und festigte sich meine sexuelle Frustration von ganz allein. Nach einer gewissen Zeit suchte sich meine Selbstbeherrschung in sarkastischen Bemerkungen Luft zu machen, und später in einem Gelüst, das Haus abzubrennen. Trotzdem versuchte ich nach wie vor, nicht unüberlegt zu handeln, mich aus dem Sturm der Unvernunft zu retten und zu erhalten, was in jeder anderen Hinsicht nach wie vor ein gutes Verhältnis zu Connie war. Mein Vorschlag an sie, einen Analytiker aufzusuchen, stieß auf taube Ohren, denn nichts war ihrer protestantisch-englischen Erziehung fremder als die jüdische Wissenschaft aus Wien.

»Schlaf mit anderen Frauen. Was soll ich sonst sagen?« schlug sie vor.

»Ich möchte nicht mit anderen Frauen schlafen. Ich liebe dich.«

»Und ich liebe dich. Das weißt du. Aber ich kann nicht mit dir ins Bett gehen.« Ich war wirklich nicht der Typ, der in der Gegend herumschlief, denn trotz meiner Traumepisode mit Connies Mutter hatte ich Connie nie hintergangen. Klar, ich hatte normale Wunschträume über mir zufällig begegnende Frauen – diese Schauspielerin, jene Stewardeß, irgendeine großäugige Studentin –, doch nie wäre ich meiner Geliebten untreu geworden. Und nicht etwa, weil ich das nicht hätte können. Bestimmte Frauen, mit denen ich in Berührung kam, waren ziemlich geradezu, um nicht zu sagen raubgierig gewesen, aber ich hatte Connie die Treue gehalten; und doppelt sogar in dieser quälenden Zeit ihres Unvermögens. Natürlich kam es vor, daß ich Emily wiederbegegnete, die ich nach wie vor mit oder ohne Connie auf unschuldige, kameradschaftliche Weise traf, doch war mir klar, daß die Funken zu schüren, die zu löschen ich mich erfolgreich bemüht hatte, nur jedermann ins Unglück führen würde.

Das heißt nicht, daß Connie treu war. Nein, die traurige Wahrheit ist, sie war bei zumindest mehreren Gelegenheiten fremden Tücken unterlegen und hatte heimlich mit Schauspielern und Autoren geschlafen.

»Was soll ich deiner Meinung nach sagen?« weinte sie eines Nachts früh um drei, als ich sie im Gewirr einander widersprechender Ausreden ertappt hatte. »Ich mach's bloß, um mich zu vergewissern, daß ich nicht irgendso eine Mißgeburt bin. Daß ich immer noch imstande bin, mit jemandem zu schlafen.«

»Du bist also imstande, mit jedem zu schlafen, außer mir«, sagte ich wütend bei dem Gefühl, mir geschehe Unrecht.

»Ja. Du erinnerst mich an meinen Bruder.«

»Ich will diesen Blödsinn nicht mehr hören.«

»Ich hab dir ja gesagt, du sollst mit anderen Frauen schlafen.«

»Das habe ich noch nicht versucht, aber es sieht ja so aus, als müßte ich's.«

»Bitte. Tu's. Es ist ein Fluch«, schluchzte sie.

Es war wahrhaftig ein Fluch. Denn wenn zwei Menschen sich lieben und wegen einer geradezu komischen Verirrung gezwungen sind, sich zu trennen, was könnte es da sonst noch sein? Daß ich es selbst dahin gebracht hatte durch die enge Beziehung zu ihrer Mutter, war nicht zu leugnen. Vielleicht war es meine verdiente Strafe dafür, daß ich dachte, ich könne Emily Chasen verführen und in mein Bett ziehen, nachdem ich mich schon mit ihrem Fleisch und Blut ausgetobt hatte.

Die Sünde der Selbstüberhebung vielleicht. Ich, Harold Cohen, der Selbstüberhebung schuldig. Ein Mensch, der sich nie einer höheren Gattung als der der Nagetiere zugeordnet hatte, angeprangert wegen Selbstüberhebung? Zu hart, um sich's gefallen zu lassen. Und doch trennten wir uns. Genau gesagt, wir blieben Freunde und gingen jeder seiner eigenen Wege. Sicher, nur zehn Querstraßen lagen zwischen unseren Wohnungen, und jeden zweiten Tag sprachen wir miteinander, aber unsere Beziehung war perdu. Da, und erst da begann ich mir klarzuwerden, wie sehr ich Connie wirklich verehrt hatte. Zwangsläufig steigerten akute Anfälle von Niedergeschlagenheit und Angst meine proustischen Qualen. Ich rief mir alle schönen Augenblicke, die wir zusammen erlebt hatten, in Erinnerung, unsere exzeptionellen Betterlebnisse, und in der Einsamkeit meiner großen Wohnung weinte ich. Ich versuchte, zu Rendezvous zu gehen, aber wiederum zwangsläufig erschien mir alles flach. Alle die kleinen Discomäuse und Sekretärinnen, die durch das Schlafzimmer stolzierten, ließen mich kalt, schlimmer noch als ein Abend allein mit einem guten

Buch. Die Welt erschien mir wirklich schal und unersprießlich, ein durchaus öder, grauser Ort, bis ich eines Tages die erstaunliche Nachricht erhielt, Connies Mutter habe ihren Mann verlassen und ließe sich scheiden. Stell dir das vor, dachte ich, während mein Herz zum ersten Mal seit Äonen schneller als normal schlug. Meine Eltern zanken sich wie Montagues und Capulets und bleiben ihr ganzes Leben beisammen. Und Connies Leute nippen an Martinis, hängen mit wahrer Höflichkeit einander und lassen sich peng! scheiden.

Was ich nun zu tun hatte, war klar. »Trader Vic's«. Nun konnte es keine lähmenden Hindernisse mehr auf unserem Wege geben. Obwohl es ja ein wenig peinlich wäre, weil ich Connies Liebhaber gewesen war, so gab es doch keine der unüberwindlichen Schwierigkeiten der Vergangenheit mehr. Wir waren jetzt zwei freie, selbständige handelnde Menschen. Meine schlummernden Gefühle für Emily Chasen, die immer geglimmt hatten, entbrannten aufs neue. Mag sein, daß eine grausame Schicksalsverkettung mein Verhältnis zu Connie zerstörte, aber nichts würde mich davon abhalten, die Mutter zu erobern.

Auf dem Gipfel meiner ungeheuren Selbstüberhebung im Sparformat rief ich Emily an und verabredete mich mit ihr. Drei Tage darauf saßen wir eng nebeneinander in der Dunkelheit meines polynesischen Lieblingsrestaurants, und von drei Bahias enthemmt schüttete sie mir ihr Herz über das Ableben ihrer Ehe aus. Als sie zu der Stelle kam, daß sie sich nach einem neuen Leben mit weniger Einschränkungen und mehr schöpferischen Möglichkeiten umsähe, küßte ich sie. Ja, sie war verdutzt, aber sie schrie nicht. Sie wirkte überrascht, aber ich gestand ihr meine Gefühle für sie und küßte sie nochmal. Sie schien verwirrt, aber lief nicht außer sich vom Tisch weg. Beim dritten Kuß wußte ich, sie werde nachgeben. Sie teilte meine Gefühle. Ich nahm sie mit in meine Wohnung, und wir schliefen miteinander. Am nächsten Morgen, als die Wirkung des Rums verflogen war, sah sie immer noch großartig aus, und wir schliefen noch einmal miteinander.

»Ich möchte, daß du mich heiratest«, sagte ich, und meine Augen wurden glasig vor Entzücken.

»Doch nicht wirklich«, sagte sie.

»Ja«, sagte ich. »Ich gebe mich mit nichts geringerem zufrieden.« Wir küßten uns und frühstückten unter Lachen und Pläneschmieden. Am selben Tag noch brachte ich die Neuigkeit Connie bei, auf einen Schlag gefaßt, der gar nicht kam. Ich hatte alle möglichen Reaktionen erwartet, vom höhnischen Gelächter bis hin zur unverhohlenen Wut, aber die Wahrheit war, Connie nahm es mit bezaubernder Gelassenheit auf. Sie selber führte ein rühriges, geselliges Leben, war mit mehreren attraktiven Männern zu sehen und hatte großes Interesse an der Zukunft ihrer Mutter gezeigt, als die Frau geschieden worden war. Und plötzlich war ein junger Ritter aufgetaucht, der für die reizende Dame sorgen wollte. Ein Ritter, der noch immer eine nette, freundschaftliche Beziehung zu Connie unterhielt. Es war ein Glücksfall auf der ganzen Linie. Connies Schuldgefühl darüber, mich durch die Hölle gejagt zu haben, würde sich geben. Emily wäre glücklich. Ich wäre glücklich. Ja, Connie nahm das alles mit der gleichmütigen, aufgeräumten Gelassenheit hin, die ihrer Erziehung entsprach.

Meine Eltern wiederum liefen augenblicklich ans Fenster ihrer Wohnung im zehnten Stock und stritten sich darüber, wer als erster rausspringt.

»Sowas hab ich ja noch nie gehört«, jammerte meine Mutter, während sie ihr Kleid zerriß und mit den Zähnen knirschte.

»Er ist verrückt. Du Idiot. Du bist meschugge«, sagte mein Vater und sah bleich und niedergeschlagen aus.

»A finfundfinfzickjährige Schickse?!« kreischte meine Tante Rose, nahm den Brieföffner und hielt ihn sich vor ihre Augen.

»Ich liebe sie«, protestierte ich.

»Sie ist mehr als zweimal so alt wie du«, schrie Onkel Louie.

»Na und?«

»So schickt sich das nicht«, schrie mein Vater, die Tora zitierend.

»Die Mutter seiner Freundin will er heiraten?« kläffte Tante Tillie, als sie bewußtlos zu Boden sank.

»Finfundfinfzick und 'ne Schickse«, zeterte meine Mutter und suchte jetzt nach einer Kapsel Zyankali, die sie eben für solche Gelegenheiten aufgehoben hatte.

»Was sind die denn, Mun-Leute?« fragte Onkel Louie. »Haben sie ihn hypnotisiert?!«

»Idiot! Schwachkopf!« schrie Dad.

Tante Tillie kam wieder zu Bewußtsein, starrte mich an, erinnerte sich, wo sie war, und kippte wieder um. In der entferntesten Ecke lag Tante Rose auf ihren Knien und stimmte »Sch'ma Yisroel« an.

»Gott wird dich strafen, Harold«, schrie mein Vater. »Gott wird dir die Zunge am Gaumen festkleben, und all dein Vieh und Gesinde sollen sterben, und ein Zehntel deiner ganzen Ernte soll verdorren und ...«

Aber ich heiratete Emily und keiner brachte sich um. Emilys drei Kinder nahmen dran teil und ungefähr ein Dutzend Freunde. Wir feierten in Connies Wohnung, und der Champagner floß in Strömen. Meine Familie konnte nicht, weil ein früher gegebenes Versprechen, ein Lamm zu opfern, Vorrang hatte. Wir tanzten und machten Witze miteinander, und der Abend war fabelhaft. Irgendwann fand ich mich mit Connie allein im Schlafzimmer wieder. Wir neckten uns und tauschten Erinnerungen an unsere Beziehung aus, an ihre Aufs und Abs, und wie sehr ich mich einmal sexuell zu ihr hingezogen gefühlt hatte.

»Das war sehr schmeichelhaft«, sagte sie herzlich.

»Na schön, ich konnte es nicht mit der Tochter hinschaukeln, dafür habe ich eben die Mutter gekriegt.« Als nächstes wurde mir klar, daß Connie ihre Zunge in meinem Mund hatte. »Was zum Teufel machst du denn?« sagte ich und schaltete auf Rückwärtsgang. »Bist du betrunken?«

»Du machst mich verrückt, du glaubst nicht, wie«, sagte sie und zog mich aufs Bett runter.

»Was ist denn in dich gefahren? Bist du nymphomanisch?« sagte ich und stand auf, aber unleugbar erregt durch ihre plötzliche Leidenschaftlichkeit.

»Ich muß mit dir schlafen. Wenn nicht jetzt, dann

bald«, sagte sie.

»Mit mir? Harold Cohen? Dem Jungen, der mit dir gelebt hat? Und dich geliebt hat? Der nicht mehr an dich rankam, nicht mal auf Riechweite, bloß weil ich eine Spielart von Danny wurde? Auf mich bist du geil? Dein Brudersymbol?«

»Es ist doch 'ne ganz neue Situation«, sagte sie und drückte sich eng an mich. »Daß du Mom geheiratet hast, hat dich zu meinem Vater gemacht.« Sie küßte mich wieder und sagte, kurz bevor sie zu der Fete zurückging: »Mach dir keine Gedanken, Dad, es wird genügend Gelegenheiten geben.«

Ich saß auf dem Bett und starrte aus dem Fenster in den unendlichen Raum. Ich dachte an meine Eltern und überlegte, ob ich das Theater aufgeben und wieder zur Rabbischule zurückgehen solle. Durch die halb geöffnete Tür sah ich Connie und Emily, beide lachten und plauderten mit den Gästen, und wie ich da so übriggeblieben rumsaß, eine schlappe, zusammengesunkene Gestalt, war alles, was ich vor mich hinmurmeln konnte, ein uralter Ausspruch meines Großvaters, der lautete: »Oi weh!«

Wer ist er? Wie ist er? Wie ernst ist es, komisch zu sein – und wie ernst ist es ihm? Was Sie schon immer über Woody Allen wissen wollten, erzählt Eric Lax in diesem Buch.

Eric Lax

WOODY ALLEN

Wie ernst es ist, komisch zu sein

Aus dem Amerikanischen von Benjamin Schwarz

272 Seiten, 28 Abbildungen.

Keine Star-Biographie, ein Werkstattbericht. 30 Jahre Woody Allen: Wie alles anfing, wie Woody Allen Gags, Sketche für andere Entertainer schrieb, wie er selbst zum erstenmal auf der Bühne stand. Wie er seine ersten Filme dreht. Wie Komik entsteht: Sätze, Dialoge, Gesten und Szenen, die uns zum Lachen und Nachdenken bringen. Was Komik in Woody Allens Augen bewirken kann. Wie Woody Allen arbeitet und wie er lebt. Was er davon, von sich und seinem Publikum hält. Darüber berichtet dieses Buch. *Allen über Allen und Allen aus erster Hand:* Mit einer Fülle von Dokumenten, frühen Sketches, Gags, Aphorismen und Filmskript-Szenen, die am Schneidetisch geopfert wurden, ergänzt Eric Lax sein Porträt des »Stadtneurotikers, Moralisten, Hofnarren der modernen Kultur, Oscarpreisträgers, Jazzmusikers, Juden, Szenaristen und Regisseurs« (Cohn-Bendit).

Rogner & Bernhard